我亦見過了月

[ちよに]

千代尼 ──【著】

陳黎、張芬齡 ──【譯】

目錄

007 譯序：誰是千代尼？——俳句三聖外又一驕／嬌

025 前奏

035 新年之句

043 春之句

091 夏之句

127 秋之句

165 冬之句

191 尾奏

215 陳黎、張芬齡中譯和歌俳句書目

217 附錄：千代尼註釋／陳黎

譯序
誰是千代尼？——俳句三聖外又一驕／嬌

陳黎、張芬齡

誰是千代尼？何以說她是日本俳句三聖（芭蕉、蕪村、一茶）外又一驕／嬌？

千代尼（Chiyo-ni，1703-1775），又稱「千代女」，或「加賀千代女」，是最為世人所知的日本俳句女詩人。她小松尾芭蕉（1644-1694）五十九歲，是他的再傳弟子，可說是女版的芭蕉，女中「俳聖」，在俳句幾乎是男性作者天下的那個時代，為女性創作者佔了一席之地。她能詩能畫，相貌絕美，詩風晶瑩澄澈、感覺鮮明，不僅飽富芭蕉式知性與智力之美，而且充滿女性特有的纖細感性與呈現陰柔美、官能美的能力，自在、自然地讓內在與外在世界相振、相交、相容，讓（女）詩人的心足以「略大（或略小）於整個宇宙」。她比小林一茶（1763-1827）大六十歲。小她十三歲的與謝蕪村（1716-1783）在他 1771 年一首俳句的前書中寫說「加賀、越前一帶，頗多知名的俳句女詩人，姿弱、情痴，為女性詩人之特色也，今戲仿其風格」——他戲謔的對象即是出身加賀的千代尼以及她出身越前的俳友歌川女（?-1776）——但蕪村 1774 年編選、出版的女俳人俳句選《玉藻集》裡卻鄭重地請千代尼寫了序。實際上，千代尼生前即出版有兩本自己的

俳句集——同鄉後輩俳人既白所編的《千代尼句集》（1764，收五百四十六首俳句）以及《俳諧松の聲》（1771，收三百二十七首俳句），且在世時詩作被選入逾百種各家選集，可說是當世備受矚目、肯定的詩人，蕪村請她寫序，實相互輝映、互添榮耀也。

●

千代尼於元祿十六年（1703年）二月出生於加賀國（今石川縣）金澤附近的松任（在今白山市），是裱褙匠「福增屋」六兵衛的長女。她六、七歲時即能寫俳句，讓雙親至為驚訝。十二歲（1714年）時，父親送她到本吉俳人岸大睡（1644-1694，本名岸彌左衛門，初號半睡）處幫傭並學習俳句，至1716年春回到自己家當幫手，閒時寫俳句。享保四年（1719年）8月24日，芭蕉弟子、「蕉門十哲」之一的各務支考（1665-1731），由金澤俳人知角陪同，到松任訪十七歲的千代尼，在她家過一夜，欣然指導其詩藝。據說支考以「閃電」、「杜若」為題要她寫兩首俳句，千代尼這位早慧的「美少女詩人」令人驚艷地交出了兩首天才之作：

　　暮春的尾巴啊，／請停留在／杜若花，不要動……
　　（行春の尾やそのままに杜若）

　　水面上——／閃電的下襬／濕了……
　　（稻妻の裾をぬらすや水の上）

支考在當時寫的一首俳句中將千代尼比作「芙蓉」，且在給他美濃門人大毫的信中盛讚千代尼這位年僅十七歲的美女（「美婦生年十七歲」），寫俳句才一年但已然是不可思議的名家、高手（「あたまから不思議の名人」）。因為支考的大力推崇，年輕的千代尼得以幸運地獲得俳壇矚目，開啟了她質佳量豐的俳句寫作生涯。

雖然千代尼生前即已成名，但她的生平對於後世仍有許多空白或模糊處，包括她是否曾結婚、生子，至今仍眾說紛紜。近年來相關的、較權威的研究資料（譬如中本恕堂所編《加賀の千代全集》或千代尼家鄉所設半官方網站「千代女の里俳句館」中的年譜），都傾向認定她於十八歲（1720年）時嫁到金澤福岡氏家，兩年後（1722年）因為丈夫死去，她又回到松任自己家。也有說她於十六歲、十九歲或二十一歲結婚者，或說她其實終身未嫁。有人說她婚後翌年生有一子，名彌市，三歲（或說七歲）時去世。也有人說她於二十五歲時成為寡婦。

有關千代尼人或詩的逸聞、傳說在她生前、死後迭出，有些已牢牢成為兩百多年來「千代尼傳奇」的一部分，雖然多半無法考證或已被確認為誤傳。

1721年6月，住在尾張（今愛知縣西部）的芭蕉門人澤露川（1661-1743）與弟子燕說一起來到金澤，和金澤的俳人們舉行了詩會。千代尼也在與會之列，同場吟詩的金澤俳人紫仙女、和田希因（1700-1750）等，後來成為她生命中極相知、親近的詩友。千代尼在會中吟了一首俳句：

池塘積雪——／仍有空隙供／鴨子遊玩
（池の雪鴨遊べとて明てあり）

　　這首十九歲之作被收錄在翌年（1722年）出版的露川北陸行腳俳句選集《北國曲》裡，是千代尼詩作第一次被選進選集出版。

「千代尼傳奇」中被津津樂道（但可能非千代尼所作）的詩作大約有底下幾首：

它們會有點／苦澀，不甘滑嗎？／第一次嘗柿子
（渋かろか知らねど柿の初契り）

起來看，／躺下看——這蚊帳／都太寬了
（起きて見つ寝て見つ蚊帳の広さ哉）

愛捉蜻蜓的／那孩子——今天跑到／多遠的地方去了？
（蜻蛉釣り今日は何処まで行ったやら）

布穀，／又布穀——啊，／天亮了
（時鳥時鳥とて明けにけり）

　　第一首俳句據說是結婚前夕、未試過雲雨情的千代尼，對即將來臨的「初夜」之揣想。第二首俳句據說是丈夫死後孀居獨寢的她嘆床空、心寂之作，但有人考證此句作者應是

比她早生的「遊女」（妓女）浮橋。第三首俳句據說是千代尼悼念亡兒之作。第四首俳句傳說為千代尼十六歲時所作，支考美濃門人仙石盧元坊（1688-1747，本名佐野與兵衛，別號里紅）北陸行腳至松任時，千代尼勇敢地獨往其所住旅店請教俳句寫作，盧元以「時鳥」（布穀鳥）為題要她應答，她寫了幾首都被盧元駁回，盧元不耐煩地睡著了，千代尼繼續苦思，黎明之際晨鐘忽響，盧元驚醒，問「天亮了嗎？」——千代尼聞此言，即刻寫成這首令盧元慚愧、讚嘆的「傳奇」俳句。但實際上，千代尼二十五歲（1727年）時方第一次與來松任訪她的盧元坊見面，和居住本吉的岸大睡、卯尾若椎四人連吟，成「松任短歌行」一卷。

千代尼的美貌也極富傳奇性。1726年，美濃俳人堀部魯九（?-1743）至松任訪千代尼，見面後吟一俳句向千代尼致意：「請不要讓旅人／從馬匹上跌下——／啊，虞美人！」（旅人に落馬なさせそ美人草）。日語「美人草」即虞美人，又名虞美人草、麗春花、賽牡丹、雛罌粟。千代尼的美，生前被許多詩人之筆讚美過，死後也被許多畫家之筆致敬、留芳——包括著名的「浮世繪」畫家喜多川歌麿（1753-1806），歌川豐國（1769-1825），在「賢女八景」、「賢勇婦女鏡」、「賢女烈婦傳」、「江都錦今樣國盡」、「善惡三十六美人」等系列畫中盛讚的歌川國芳（1798-1861）與豐原國周（1835-1900），月岡芳年（1838-1892），近代「美人畫」巨匠橫尾芳月（1897-1990）以及中村左洲（1873-1953）等。畫面上每出現千代尼手提水桶，往有牽牛花的井邊欲打水之景，或者看見畫家把千代尼最著名的那首「牽牛花（朝顏）俳句」嵌入畫

裡（最鮮明的當屬歌川國芳題有「加賀の國千代女」幾字的那幅美人畫）：

啊牽牛花——／汲水的吊桶被纏住了／我向人要水
（朝顏に釣瓶とられて貰い水）

這首在日本郵票中佔有兩「80 日元」面額位置的詩作，堪與芭蕉著名「蛙俳」（古池——／青蛙躍進：／水之音）分庭抗禮——是兩首世人最熟知的日本俳句。

●

江戶時代日本女性猶然處在「三從四德」構成的道德與社會價值框架裡，為人妻、為人母的女性通常自由有限，必須守在家裡，聽從家族裡男性成員之命。脫離婚姻狀態回到松任福增屋家的千代尼，在父母理解、支持下，得以更專注於自己所喜歡的俳句寫作，在俳諧之道上持續精進。她單身女性的身分使她能較自由地外出旅行，與其他詩人和前輩交流。

1725 年，二十三歲的千代尼從松任出發，前往京都、伊勢，拜訪與「美濃派」支考齊名的「伊勢派」蕉門俳人「麥林舍」中川乙由（1675-1739），停留數日，獲其殷勤接待與指點，日後依然聯繫不輟。初見面時，乙由久聞千代尼之名，寫了一首動人的俳句迎接之：「頭戴有名的／加賀笠，一路飄散／雪白櫻花芬香……」（国の名の笠に芳はし花の雪）——戴著斗笠、手背套，散發雪白櫻花香的妙齡美女旅

人之姿,躍然字詞間。

1726年4月,千代尼至金澤訪俳友紫仙女,與她聊自己伊勢行之事,又以「時鳥」為題,由紫仙女起句「叫聲穿心——／不要太催人淚啊,／布穀鳥……」(心見の声ぬれすきなほととぎす),千代尼接以十四音節短句「黃昏驟雨——／嫩葉水珠滴……」(わか葉の雫宵のむらさめ),兩人連吟七十二句,成兩卷「歌仙」,後收錄於小松俳人兔路所編女俳人詩選集《姬の式》裡(內收千代、紫仙、須磨女三女俳人之連句,以及三女與歌川女、遊女奧等之俳句)。

1732年初夏,三十歲的千代尼又有京都行,與乙由重逢,讓乙由再次眼前一亮,為她吟了一首「在巍峨九重京城,穿著／單層和服款款走來——／啊,小百合!」(九重を一重で步行小百合かな)。

然而,這國色天香般的「小百合」回到加賀家鄉後,1733至1743年十年間似乎變得闇啞起來,處在一個俳句創作「低產」的階段,不像先前那樣不時綻放豐美多姿的字花、句花。雖無法具體考證,咸信在她三十而立至四十不惑之齡這段歲月,由於父母、哥哥、嫂嫂陸續死亡,她必須獨自一人肩挑起家中裱褙業務,無暇專注於俳藝。年近五十之時,她收養了她的侄女「なを」(音Nao)與其夫婿六兵衛(俳號白鳥),由他們接管裱褙的家業,方得以重新全心投入俳句的創作。卸下家業重擔前後,她寫下了這首欣喜自己終能更淡然悠於浮世之俳句:

把鳥鳴／讓給世界——／但留松風之音伴我!

（囀りを世にや譲りて松の琴）

　　當時她的許多師友（包括支考、乙由、希因）相繼離世，千代尼深感空虛，更深切地體悟了佛教所示的生命「無常」之理——此類感悟屢出現於她後期俳句裡。
　　長她三歲的俳友希因於五十一歲時（1750年）病逝，對她應是不小的打擊。希因是加賀俳壇領導人，對千代尼俳句寫作激發甚大，兩人年齡相近，年輕時即已相識，來往頗為密切。希因有一首寫給千代尼的俳句：「鬢髮被水梳染得／閃閃發亮，啊／院子裡的常春藤」（鬢水の手染もはやし庭の蔦）——相當親密而富感官美，彷彿可以聞到其中散發出的清淡體香……。千代尼1770年春天寫有一首俳句，為將往京都的年輕俳人小寺後川（?-1800）送別：

　　直到他的斗笠／化成蝶——／我渴望他
　　（蝶ほどの笠になるまでしたひけり）

　　這首俳句讀起來像是寫給戀人的情詩。後川是希因的兒子，有一種說法說是希因和千代尼所生。
　　寶曆四年（1754年）十月，五十二歲的千代尼落髮為尼（我們一直稱她為「千代尼」，這個「尼」字就是這樣來的），號素園，稱自己住處為「草風庵」。她寫了一首「落髮吟」：

　　不必再梳理／頭髮——我的手／攤開在被爐上
　　（髮を結ふ手の隙明て炬燵哉）

詩前有文說她並非棄世,而是覺得人生無常,願自己思索、探求古人所謂「不捨晝夜流」的水之心、水之道。她並沒有把自己關進尼姑庵裡,而是在家為尼,讓自己有更充分時間致力於佛學與俳道的進修。她的兩位俳友為她落髮所寫的俳句頗為有趣。一位是男俳人麻父(?-1775),將其光頭比作是冬夜的月亮:「多風雅啊,/無遮蔽地撫摸著/鏡子——冬之月」(おもしろし鏡は撫て冬の月);另一位是她的女弟子兼密友相河屋「すへ女」(1719-1788,すへ音 Sue):「啊,黑袈裟——/如今你可盡情以墨影/與月、花戲遊了……」(墨染や月と花とのもてあそび)——意思是她現在可以更自在、純粹地書寫花月,與天地同遊了。

落髮後,千代尼依然活躍地與男女俳人們交流,與遊女俳句往來,與武士們合作詩畫,四處旅行、參詣,行吟於路上。江戶時代,唯尼姑與妓女這樣身分的女子,方能享一般女性未能有的旅行或寫作上之自由。尼姑的身分幫助她——和芭蕉一樣——可以在階層分明的社會裡不受階層框架的束縛,可以不斷地對世界抱持好奇心,從日常瑣事瑣物與大自然中獲取動力與生機。

俳人尾崎康工(1701-1779)到松任草風庵訪千代尼後,有一首描寫千代尼的俳句:「啊,牽牛花——/浮世/無籬笆……」(朝顏や浮世かまへる垣はなし)。簡樸、謙卑的她,並未與世隔絕。她住處門前即是通向京都的「北國街道」(北陸道),她可以在廚房裡同時聽到外面世界之聲與她庭園裡自然之聲。沒有籬笆可以阻隔她這朵牽牛花與眾生、眾俳人所在的這浮世——無分貴賤——互通聲息。

1762 年 3 月，六十歲的千代尼參詣位於今福井縣蘆原市之吉崎御坊，寫成俳諧紀行文《吉崎詣》（亦稱《吉崎紀行》），中有俳句十首。這是她留存於世的唯一俳文遊記。

1763 年 8 月，加賀藩主前田重教（1741-1786）請千代尼把她所作的二十一首俳句題於六幅掛軸和十五支扇子上，作為幕府將軍德川家治送給即將來訪的朝鮮使節團的禮物。俳人高桑闌更（1726-1798）在 1771 年既白所編千代尼第二本俳句集《俳諧松の聲》跋中說「千代尼名揚國內外……」，此話誠然不虛。

千代尼生命最後幾年經常臥病在床，幸得親近的俳友們照料，特別是女弟子「Sue 女」與其夫婿相河屋之甫（1715-1781）。她仍創作不懈。安永四年（1775 年）9 月 8 日，提筆寫下辭世俳句，七十三歲的千代尼在養子六兵衛夫婦、養孫與「Sue 女」夫婦照看下，與世長辭：

我亦見過了月／因此我跟／這世界道別
（月も見て我はこの世をかしく哉）

她為後人留下了約一千九百首俳句。1781 年，千代尼逝世滿六年忌（七回忌）上，「Sue 女」寫了一首睹千代尼墨蹟，追憶其師／其友的俳句：「啊，不變的白菊之影──月光遺下的筆跡……」（白菊のかわらぬ影や月のあと）

●

底下略談千代尼的詩藝與詩旨。

千代尼的詩風清澄,如白玉一般,無裝飾,不雕琢,樸實自然。她像一株體現幽微、清新、美麗的女性特質的「姬小松」(優雅如女孩之小松),她的俳句裡蘊藏著多姿的自然萬象。她以女性視角觀察世界,讓筆下的景物有情有愛,有聲有色,有時也會鬧鬧脾氣耍耍性子,童趣十足:

梅花,以香味／回報／折枝者
(手折らるる人に薫るや梅の花)

各色牽牛花／齊放——啊,一波波／撞開的晨鐘聲⋯⋯
(朝顔や鐘撞内に咲そろひ)

蜻蜓群聚——／曬衣服的竿子／變短了
(干物の竿をせばめて蜻蛉哉)

松傘蘑／啊,也是小蟲們的／避雨亭
(まつ茸やあれもなにかの雨やどり)

乞丐的／床鋪上,蟲聲／熱烈響
(にぎやかな乞食の床や蟲の声)

蝴蝶啊——／你居然也有／一肚子氣的日子!
(蝶々やなれも腹たつ日のあらむ)

牽牛花——／實情是／它討厭人⋯⋯

（あさがほや誠は花の人ぎらひ）

她有時也童心未泯地在詩裡玩起數字遊戲：

啊，摘七草，把它們／分放在兩個、三個／四個……置放的地方
（七草や三つ四つふたつ置所）

三井寺煙霞起，／遮隱了近江／其餘七景……
（七景は霞にかくれ三井の寺）

木槿花：兩朵／三朵，十朵……／啊，花山花海
（二つ三つ十とつもらぬむくげ哉）

我只能數到三或／五隻──／啊，那些千鳥
（三つ五つまではよみたる千鳥かな）

她更不時在詩作中綻露機智和幽默。她以短短數語寫就這首包含了四角形、三角形和圓形的俳句，令人驚艷：「蚊帳的一角／鬆開：／啊，月亮」（蚊帳の隅一つはずして月見かな）；她讓大自然的閃電化作穿著長袍的閃電俠，在企圖瀟灑地表演水上飄時稍有失誤，令人莞爾：「水面上──／閃電的下襬／濕了……」。讀到這樣的字句──「這葫蘆太長太長了──／讓它的花、葉／難為情」（花や葉に恥しいほど長瓢），除了同情因瓢身太長、太畸形而羞與為伍、合體的花、

18

葉，你是否也因腦海中閃現某種情色畫面而覺得難為情？

千代尼的詩想細膩而靈敏，許多意象富含散發強烈感官美的女性想像，譬如樹芽上胖嘟嘟的露珠（「早晚——／樹芽上，露珠／胖嘟嘟……」〔朝夕に雫のふとる木の芽哉〕），村童白皙如桃花的皮膚（「村裡孩子沒被曬黑／依然白皙的／皮膚——啊，桃花」〔里の子の肌まだ白し桃の花〕），夜色中映現如白色女體的夕顏花（「夕顏花——／啊，女子肌膚／映眼時」〔夕顏や女子の肌の見ゆる時〕），更衣女子的裸背（「更衣：／她的美背／只讓花香窺見」〔花の香にうしろ見せてや更衣〕），白菊花前胭脂紅的手（「何等驚心——／白菊之前／她鮮紅的指甲」〔白菊や紅さいた手のおそろしき〕），流竄於衣袖裡的涼風（「涼風——／存於我衣袖裡，／伴我入睡……」〔涼風や袂にしめて寝入るまで〕），深藏卻盛放如野紫羅蘭的女性情慾（「根深蒂固，／女子的慾望——／野紫羅蘭」〔根を付て女子の欲や菫草〕）。她的文字似乎具有某種不斷誘發視覺、觸覺、嗅覺、聽覺美的魅力。

語調輕，意無窮，是千代尼俳句的另一特質。千代尼擅長以日常景物寄情或譬喻，這使得她的詩讀來樸實無華卻餘味迴盪。她如是譬喻新婚女子對初夜的忐忑想像：「它們會有點／苦澀，不甘滑嗎？／第一次嘗柿子」；她如是述說獨居婦人的孤單寂涼：「獨寢——／被霜夜冷醒，／清悟」（独り寝のさめて霜夜をさとりけり），「一針針縫製著衣物——／十二月的夜裡，將它們／連同自己折疊入夢」（物ぬひや夢たたみこむ師走の夜）；她如是昭告無意改嫁的堅定心意：「好

熱的天——／即便滿田紅粉花／我也無意染指」（あつき日や指もささされぬ紅畠）；她如是道出女人盼得理解也盼有隱私的渴望：「即便賞月／女人渴望／陰影」（月見にも陰ほしがるや女子達）；她如是描述青蛙努力嘗試飛跳起的模樣，讓人聯想起企圖跳脫或突破現狀而未果的人類處境：「三番兩次小試／熱身後，終於大力一躍／啊，這隻青蛙」（ふたつみつ飛んで見て飛蛙かな）；她如是比擬未得回應的濃濃愛意：「無法被紅葉／染紅的山的一側／——啊單戀」（染かねて片山紅葉かたおもひ）；她如是以鳥鳴比喻喧囂的人世，以松風之音比喻隱於世而不孤寂，欣然落髮為尼的心境：「把鳥鳴／讓給世界——／但留松風之音伴我」；她如是望文（字）生（情）義，以亦恩師亦戀人的岸大睡之名為樂旨（motif），翻彈出暗藏摯愛密碼的動人樂句：「再睡一覺，／直到百年——／楊柳樹」（百とせに最一眠り柳かな）。這首如捷克作曲家楊納傑克（Leoš Janáček，1854-1928）弦樂四重奏《親密書》般的情書俳句，寫於岸大睡八十歲生日時。大睡長她十九歲，千代少女時代即隨他習俳句，是她的啟蒙者。他們的俳句出現於同一選集，經常一起連吟，互相唱和，他們住處頗近，後來兩人分別落髮為尼與僧。前面說過千代尼近五十歲時收養她的侄女「なを」（Nao）及其夫婿承繼家業，有學者推測 Nao 其實可能是千代和大睡所生之女。這首俳句隱約透露出兩人間漫長而親密的關係。我們彷彿聽到千代尼對八十歲的岸大睡說：「大睡，你好好睡，慢慢睡，不要怕，我就在你的身邊，看著你睡。再睡一覺，睡二十年，直到百年。」這「百年」是一睡二十年的好眠，也是永恆或死。但會怕嗎？窗外楊柳

岸柳樹正綠，人生八十才開始，前景依然大好呢。岸大睡後來活了九十二歲，與七十三歲的千代尼同年去世。

千代尼一生寫有逾四十首「柳俳」，有幾首看似寫景，卻很難不讓人與女性形象產生連結，似乎暗喻往昔女子卑微的社會角色——無法為自己發聲（「青柳——／無論植於何處，皆／靜也」〔青柳は何所に植ても静なり〕），無自主權（「柳條，要纏／要解——／要看風呢」〔結ばふと解ふと風のやなぎかな〕），無力翻轉自己的命運（「雖然有一抱／之粗——但柳樹／依然是柳樹」〔一抱あれど柳は柳かな〕）。江戶時代的傳統女性多半負責操持家務，包括下田耕作的勞力活（「女人們來到／田裡插秧——／頭髮未梳」〔まだ神のむすばぬも出て田植哉〕），男人或許在農忙時才偶一為之（「啊，只有今天——／用男人／來種田」〔けふばかり男を使ふ田植哉〕）。「櫻花初放——／那些腳印是／男人的……」（あしあとは男なりけり初桜）——這首俳句頗有為女性發聲的意味：腳印是男人的，這表示悠閒外出賞櫻者皆男性，頗有為江戶時代自由受限、只能困坐家中的女性抱屈的意味。然而在千代尼筆下，困鎖於家務事的女人依然有話想說（「三伏天曬東西——／曬衣服，／也曬她的心事……」〔かけたらぬ女心や土用干〕），依然渴望起舞同歡，跳離塵世（「噢，姊妹們，我們／跳舞吧：舞奔向／月亮，舞奔向月亮……」〔女子さへ月へ月へとおどり哉〕）。

千代尼清澈明晰的詩風一部分應歸因於她的佛學修為。她參透世事，也常透過清水的意象（她寫了三十五首「清水」俳句）表達所思所想，傳遞她所悟之事理，寫出多首充滿禪

意的佳作,譬如「我忘了我的／胭脂紅唇——／啊清水」(紅さいた口も忘るる清水かな)——俯身欲掬飲岩間或地上清水的女子忘了自己唇上塗著口紅,這或許是千代尼決意忘卻紅塵俗事(「胭脂紅唇」)削髮為尼(「清水」)的心境寫照;譬如「清水:／沒有正面／沒有背面」(清水には裏も表もなかりけり)——清水無隔、無界,不像複雜的人生有悲喜、善惡、喜怒、是非、愛恨等諸多稜角分明的對立面向;譬如「雙手放開,／眾物落地——／啊,清水」(手のものを皆地に置て清水哉)——想通世事如捧在手中之水瞬間消逝的道理,當更能體悟「斷捨離」的大智慧;譬如「落下時／只是水啊——／紅花之露」(こぼれては常の水也紅の露)——紅花上的露水落下時也只是一滴無色之水,似乎暗示萬物各有其質,理當各安其位,或者塵世種種胭脂、紅露終將返樸歸真,單純如清水。

●

在先前寫成的《八叫芭蕉》一文中,我們提到俳聖芭蕉有自由不羈、不受制於傳統、從不自滿、晚期漸成輕盈／晶瑩風格等八項可驕之成就,可謂「八驕芭蕉」。「女版芭蕉」千代尼創作可驕處未必與芭蕉「八驕」盡同,但的確有其傲人之「嬌」點與「驕」點。說古今女俳人中最亮眼的她,是芭蕉「八驕」外、是芭蕉／蕪村／一茶「三聖」外,日本俳句又一嬌／驕,應該不算誇矯。

芭蕉的青蛙 1686 年躍進古池後,一百三十年內,千代尼、蕪村、一茶也陸續迸出各自的「蛙俳」:

蹲坐／望雲者──／是蛙喲
（踞ばふて雲を伺ふ蛙かな：千代尼，1764）

端坐／望行雲者，／是蛙喲
（行雲を見つつ居直る蛙哉：蕪村，1771）

悠然／見南山者，／是蛙喲
（ゆうぜんとして山を見る蛙哉：一茶，1813）

與謝蕪村不是笑女流俳人姿弱、情痴嗎，怎麼就偷抄起前面女同學的答案了？看上面千代尼 1764 年寫的俳句，你就知道什麼叫「其來有自」或「採陰雲補陽雲」。蕪村 1774 年有一首俳句：「據說比丘尼劣於／比丘──但比丘尼寺的紅梅／開得多優艷、端麗啊」（紅梅や比丘より劣る比丘尼寺）。如果叫他再作一句，他說不定會寫「蛙鳴や比丘より劣る比丘尼寺」（「比丘尼寺的／蛙鳴／優於比丘寺……」）。

這本《我亦見過了月：千代尼俳句 300 首》裡選譯的三百一十二首千代尼詩，主要選自千代尼重要研究者中本恕堂編著、收千代尼俳句約 1700 首的《加賀の千代全集》（北國出版社，1983 增補改訂版），七輯譯詩中，新年、春、夏、秋、冬五輯裡的詩作順序也大抵參照此全集。我們還參考了中本恕堂著的《加賀の千代研究》（北國出版社，1972），大河寥寥著的《千代尼傳》（石川縣圖書館協會，1993 復刻版），山根公編著的《加賀の千代女五百句》（桂書房，2006），以及網路上可以找到的各種千代尼相關資訊。長

年研究千代尼的山根公師承已故的中本恕堂，2019 年 10 月由「白山市立千代女の里俳句館」出版了一本新編的千代女俳句集《百生や》，收錄了約 1900 首千代尼俳句，包括新發現的俳句一百九十九首。「千代女の里俳句館」網站上，參照山根公此書文本與注音整理出的文檔「千代女全句解説・檢索データ」中，千代尼俳句總數為 1907 首。

前奏

001

　　　暮春的尾巴啊，
　　　請停留在
　　　杜若花，不要動……

☆行春の尾やそのままに杜若

yukuharu no / o ya sonomama ni / kakitsubata

譯註：享保四年（1719）8月24日，「蕉門十哲」之一的各務支考（1665-1731），到松任訪十七歲的千代尼，據說以「閃電」、「杜若」為題要她寫兩首俳句，此首即答案之一。春去夏來，杜若花開，詩人嘆願春日之美莫易容，繼續留駐夏花中。這首千代尼十七歲令人驚豔之作，簡直就是德國文豪歌德詩劇《浮士德》第一部（完成於1808年）裡的名句「你如此美，啊請為我停留！」（Verweile doch, du bist so schön!）的原型。但千代尼此句比哥德早了將近九十年！日語「そのまま」（其の儘：音 sonomama）意為就那樣、就照原樣。杜若（かきつばた：音 kakitsubata），鳶尾科鳶尾屬植物，又稱燕子花。

002

　　水面上──
　　閃電的下襬
　　濕了……

☆稻妻の裾をぬらすや水の上

inazuma no / suso o nurasu ya / mizu no ue

譯註：此詩將閃電「尾巴」比為衣服下襬，實在是美妙的巧喻，是千代尼答各務支考「考題」的另一首作品。支考讀千代尼所寫二詩後，盛讚她為不可思議的名家、高手（「あたまから不思議の名人」）。日語「ぬらす」（濡らす：nurasu）意為浸濕、沾濕。

003

　　池塘積雪──
　　仍有空隙供
　　鴨子遊玩

☆池の雪鴨遊べとて明てあり

ike no yuki / kamo asobe tote / akete ari

譯註：此為享保六年（1721）、千代尼十九歲時之作。芭蕉門人澤露川（1661-1743）來到金澤，與金澤俳人們舉行詩會，此詩為千代尼會中所詠，後收錄於1722年出版的露川北陸行腳俳句選集《北國曲》裡，是千代尼詩作第一次被選進選集。日文原詩中，「明て」（あけて：akete）即「空けて」（あけて），空出來之意。

004
　　布穀，
　　又布穀——啊，
　　天亮了

☆時鳥時鳥とて明けにけり
hototogisu / hototogisu tote / akenikeri

譯註：日語「時鳥」（hototogisu），又稱郭公、杜鵑，即布穀鳥。據說千代尼十六歲時，支考門人盧元坊（1688-1747，別號里紅）行腳至松任，千代尼至旅店向他請教俳句寫作，盧元以「時鳥」為題要她應答，她苦思整夜，黎明之際被晨鐘驚醒的盧元脫口問「天亮了嗎？」——千代尼聞言，即刻寫成這首令盧元讚嘆的「傳奇」俳句。研究者未能確定是否其所作。

005
　　它們會有點
　　苦澀，不甘滑嗎？
　　第一次嘗柿子

☆渋かろか知らねど柿の初契り
shibukaro ka / shiranedo kaki no / hatsuchigiri

譯註：據說此首俳句是未試過雲雨之情的千代尼，結婚前夕對「初夜」可能滋味忐忑之想。研究者未能確定是否其所作。日語「契り」（ちぎり：chigiri），盟約、婚約之意。「渋」（しぶ：shibu）即「澀」，「知らねど」（shiranedo）為「不知」──「不知會澀嗎？」之意。

006
　　起來看，
　　躺下看──這蚊帳
　　都太寬了

☆起きて見つ寝て見つ蚊帳の広さ哉
okite mitsu / nete mitsu kaya no / hirosa kana

譯註：有一種說法說千代尼婚後未及兩年，丈夫過世，而此詩即為描繪寡居的她孤單起居情狀之作。但研究者考證此詩作者應是比她早生的「遊女」（妓女）浮橋。

007

愛捉蜻蜓的
那孩子——今天跑到
多遠的地方去了？

☆蜻蛉釣り今日は何処まで行ったやら
tombotsuri / kyō wa doko made / itta yara

譯註：有一種說法說千代尼句婚後生有一子，不幸早逝，而此詩即為她懷念亡兒之作。研究者未能確定是否其所作。原詩也可作「蜻蛉釣り／今日は何処迄／行ったやら」。「迄」（まで：made），直到、為止之意。

008

不復見小孩
弄破
紙門——冷啊

☆破る子のなくて障子の寒さかな
yaburu ko no / nakute shōji no / samusa kana

譯註：此詩頗動人。冷，非因紙門破洞，而是因為先前調皮、每將紙門弄破的那小孩，已夭折不復在人世了——是心寒啊！日語「障子」（しょうじ：shōji），紙拉門。

009

　　好熱的天——
　　即便滿田紅粉花
　　我也無意染指

☆あつき日や指もさされぬ紅畠

atsuki hi ya / yubi mo sasarenu / benibatake

譯註：原詩可作「暑き日や／指も指されぬ／紅畠」。「あつき」（暑き／熱き：atsuki），熱之意；「さされぬ」（指されぬ，sasarenu），「不指向」、「不朝向」之意——「ぬ」（nu）是表示否定的助動詞；「紅畠」（べにばたけ：benibatake），紅花田。譯文中之「紅粉花」即紅花，可製造口紅，也是紅絹（女性和服的裡子）的染料。有一種說法說千代尼丈夫過世後，婆家希望她依習俗改嫁其亡夫之弟，被千代尼所拒，且示以此剛、柔之美兼具的詩。此詩為千代尼諸多以「紅」（べに，beni：紅花或胭脂）為詩材的作品之一（參閱本書第 125、162、163、207 首等譯詩）。

010

　　自單一藤蔓
　　之心——生出
　　一百個葫蘆

☆百生や蔓一すぢの心より
hyakunari ya / tsuru hitosuji no / kokoro yori

譯註：此首詠葫蘆（日文「瓢」或「瓢箪」）之作寫於千代尼二十四歲時，有前書「三界唯一心」。她至越前國永平寺參詣，禪師問其可否以「三界一心」為題為詩，她以此句答之。三界，指欲界、色界、無色界，或三千大千世界——全世界之謂。「一すぢ」（hitosuji）即「一筋」，意為一條、一根，以及一心一意。此詩與本書下一首譯詩（「啊牽牛花——／汲水的吊桶……」），應是千代尼最為世人所知的兩首俳句。「葫蘆」是屬葫蘆科的爬藤植物，自其藤蔓結出的果實也被稱為葫蘆，據說能結百個果實。可參閱千代尼另一首「葫蘆詩」——

　　一葫蘆在此——
　　啊，應有九十九葫蘆
　　在其他地方……

☆九十九を余所に持たる瓢かな
kujūku o / yoso ni mochitaru / fukube kana

011

啊牽牛花——
汲水的吊桶被纏住了
我向人要水

☆朝顏に釣瓶とられて貰い水
asagao ni / tsurube torarete / moraimizu

譯註：這首詩是千代尼最有名的俳句。汲水的吊桶被牽牛花纏住了，惜美的詩人口雖渴卻不忍因打水而傷花之美好，情願向人乞水。日語「朝顏」（あさがほ：asagao）即牽牛花；「とられて」（取られて／捕られて：torarete）為捕住、捉住或佔取之意；「釣瓶」（つるべ：tsurube）為汲井水用的吊桶；「貰い水」（もらいみず：moraimizu）意為向別人家要水用、要來的水。千代尼此詩在其在世時即很知名，江戶時代已有日人將其譯成漢詩，開風氣者應屬江戶後期佛僧、漢詩詩人六如上人（1734-1801）題為「牽牛花」之作——「井邊移植牽牛花，狂蔓攀欄橫復斜，汲綆無端被渠奪，近來乞水向鄰家」，以及江戶後期著名儒學者津阪東陽（1758-1825）的中譯——「一夜秋風爽氣回，梧桐露滴井欄隈，牽牛上綆花方發，故向鄰家乞水來」。千代尼一生大約寫有二十八首以牽牛花為「季題」的俳句（參考本書第233-239首）。

新年之句

012

如見至寶啊
如見至寶──
一月一日！

☆見るも宝見るも宝や日の始
miru mo / takara miru mo takara ya / hinohajime

譯註：日文「日の始」（ひのはじめ：hinohajime），即一月一日、元旦。

013

元旦晨光
耀──喜見鶴
嬉遊雲霄……

☆鶴のあそび雲井にかなふ初日哉
tsuru no asobi / kumoi ni kanau / hatsuhi kana

譯註：原詩可作「鶴の遊び／雲井に適ふ／初日哉」。日語「雲井」（くもい：kumoi）即雲霄、天上之意；「適ふ」（かなふ：kanau），合適、相稱、匹敵之意。

014
　　慢慢漫漶過來，
　　一山又一山——啊，
　　初春的霧靄……

☆もれ出る山又山やはつ霞

more izuru / yama mata yama ya / hatsugasumi

譯註：原詩可作「漏れ出る／山又山や／初霞」。日語「もれ」（more）即「漏れ／洩れ」，洩漏、漏出、透出之意；「はつ霞」（hatsugasumi）即「初霞」。日文原作「中七」的七個音節皆押「a」音之韻（yama mata yama ya），聲調頗妙。

015
　　新春有酒名屠蘇
　　今日搶鮮同歡飲，
　　來日舉杯再屠蘇

☆屠蘇酒や又とそまでの遊びそめ

tosozake ya / mata toso made no / asobi some

譯註：原詩可作「屠蘇酒や／又屠蘇までの／遊び初め」。「屠蘇酒」（とそざけ：tosozake）為加入用花椒、橘皮、肉桂等調製成的「屠蘇散」，於新年期間喝的酒；「初め」（そめ：some），開始・今年頭一次。

016
　　新稻草迎新年——
　　今天早晨，連灰塵
　　看起來都美麗

☆福薰や塵さへ今朝のうつくしき
fukuwara ya / chiri sae kesa no / utsukushiki

譯註：原詩可作「福薰や／塵さへ今朝の／美しき」。「福薰」（ふくわら：fukuwara），新年時鋪於門口庭院表示吉祥、福氣的新的稻草；「美しき」（うつくしき：utsukushiki），美麗之意。

017
　　好事連連，
　　目不暇給啊，
　　繁花之春！

☆良き事の目にも余るや花の春
yoki koto no / me nimo amaru ya / hana no haru

譯註：「花の春」（繁花之春）為俳句中表示元旦、新年之「季語」。日語「余る」（あまる：amaru），多、過多、多到有餘之意。

018
  新年花初夢,
  夢醒後——
  依然花心……

☆初夢やさめても花ははなごころ

hatsuyume ya / samete mo hana wa / hanagokoro

譯註：日本人稱新年第一個夢為「初夢」（はつゆめ：hatsuyume），認為象徵一整年運勢。日本有諺語「いちふじにたかさんなすび」（ichi fuji, ni taka, san nasubi：一富士、二鷹、三茄子），認為這三者是初夢的吉祥物。此詩頗富俳諧之趣。花也許在「初夢」中夢到鷹或茄子，正「茄喜」時，夢醒了，發現自己依然是「花心」（はなごころ：hanagokoro）的花……

019
  七草之野——
  眾人採野菜
  鷺鷥不見了

☆人あしに鷺も消るやわかなの野

hito ashi ni / sagi mo kieru ya / wakana no no

譯註：日語「わかな」可寫成「若菜」（wakana），意即嫩菜，春季七草的總稱。日本有在新春元月七日，家人出外採「七草」（七種野菜）煮「七草粥」（七草がゆ：nanakusagayu）之習。

020

啊,摘七草,把它們
分放在兩個、三個
四個……置放的地方

☆七草や三つ四つふたつ置所
nanakusa ya / mitsu yotsu futatsu / okidokoro

譯註:此詩描繪一家人新年出外採「七草」滿載而歸,孩子們忙著把野菜分類收放起來的情景。

021

吹吧吹吧,風啊,
讓風箏燦放——
你對花豈無慾望?

☆吹き吹けど花に欲なし鳳巾
fuki fukedo / hana ni yokunashi / ikanobori

譯註:日語「鳳巾」(いかのぼり:ikanobori),也可寫成「凧」或「紙鳶」,風箏之意。

022
    如果我能將
    我風箏的線繫在
    你衣服的下襬就好了

☆裳裾にもつくものならば凧の糸

mosuso nimo / tsuku mononaraba / tako no ito

譯註：此詩為千代尼餞別欲往吉野山賞櫻的俳友麻父（?-1775）之作，原詩可作「裳裾にも／付くものならば／凧の糸」。「裳裾」（もすそ：mosuso），衣服的下襬、衣裾；「付く」（つく：tsuku），附著、黏附之意；「ものならば」（mononaraba），假使、如果之意。

春之句

023
　　這胖臉頰、好脾氣的
　　醜女——每天早上
　　盡看著她春日的庭園

☆おかめものみるあさあさや春の庭
okame mono / miru asa asa ya / haru no niwa

譯註：原詩可作「阿亀物／見る朝朝や／春の庭」。詩中這個長得像日本醜女假面具「阿亀」（おかめ：okame）的女人，可能是被同代人評為大美女的千代尼謙虛的自況。啊，醜又何妨，春色、春花、春草、春心……如此美麗動人呢！

024
　　月色朦朧——
　　撞到了
　　一棵小松……

☆おぼろ夜や松の子どもに行あたり
oboroyo ya / matsu no kodomo ni / yukiatari

譯註：原詩可作「朧夜や／松の子供に／行当り」。「子供」（kodomo），小孩之意；「行当り」（yukiatari），路盡頭、向前去而碰上之意。

025

　　朦朧的月色
　　將繁花的浮世
　　整個包起來

☆世の花を丸うつつむや朧月

yo no hana o / marū tsutsun ya / oborozuki

譯註：原詩可作「世の花を／丸う包むや／朧月」。「丸う」（marū），圓圓、團團、完整、整個之意；「包む」（tsutsun），包上、籠罩之意。

026

　　春雨裡
　　所有東西都
　　美起來

☆春雨や美しうなる物ばかり

harusame ya / utsukushū naru / mono bakari

譯註：原詩可作「春雨や／美しう成る／物ばかり」。「成る」（なる：naru），變成之意；「ばかり」（bakari），皆、都之意。一場春雨，物皆變美。

027

　　春雨落下——
　　大地的微笑從田野
　　四處迸出

☆春雨や土の笑ひも野に余り

harusame ya / tsuchi no warai mo / no ni amari

譯註:「土」(つち:tsuchi),大地之意;「野」(の:no),田野;「余り」(あまり:amari),過量、富裕、有餘之意。

028

　　春雨——啊,
　　如果能將萬物都潤上
　　顏色就好了!

☆春雨やみな濡らしたき物の色

harusame ya / mina nurashitaki / mono no iro

譯註:「みな」即「皆」(mina),全部、全都、全體之意。

029
　　春雨——
　　啊,人們也長胖了
　　一兩寸……

☆春雨や人もふとりて一二寸

harusame ya / hito mo futorite / ichinisun

譯註:原詩可作「春雨や／人も肥りて／一二寸」。「肥りて」(ふとりて:futorite),變胖、變肥之意。

030
　　春雪——
　　搞不清雪下了
　　或沒下?

☆春雪や降るにもあらず降らぬにも

haruyuki ya / furu nimo arazu / furanu nimo

譯註:原詩可作「春雪や／降るにも非ず／降らぬにも」。日文「春雪」(haruyuki)即「春の雪」(haru no yuki),早春所下的易融之雪;「あらず」(非ず:arazu),非、不是之意;「降る」(furu),降下;「降らぬ」(furanu),「未降」。

031
　　三井寺
　　煙霞起──遮隱了
　　近江其餘七景……

☆七景は霞にかくれ三井の寺
shichikei wa / kasumi ni kakure / mii no tera

譯註：此詩有前書「題近江八景」。原詩可作「七景は／霞に隱れ／三井の寺」──「隱れ」（かくれ：kakure），隱藏之意。日本千代尼重要研究者中本恕堂編著的《加賀の千代全集》（北國出版社，1983 增補改訂版）以及山根公編著的《加賀の千代女五百句》（桂書房，2006）中皆收有此詩。「三井寺晚鐘」是琵琶湖附近「近江八景」之一。我們曾中譯過一首論者推斷為芭蕉所作、與此處千代尼詩極相似的俳句──「近江八景？霧／隱藏了七景，當／三井寺晚鐘響起……」（七景は霧にかくれて三井の鐘：shichikei wa / kiri ni kakurete / mii no kane），並附注了底下傳聞──有人戲問芭蕉可否將「近江八景」寫進僅十七音節的俳句裡，芭蕉乃機靈地回以此詩。三井寺霧、霞並起，七景盡沒，唯鐘聲在……

032

　　熱氣蒸騰：
　　時而乾，時而濕——
　　石頭上方

☆陽炎やほしてはぬるる石の上

kagerō ya / hoshite wa nururu / ishi no ue

譯註：原詩可作「陽炎や／干しては濡るる／石の上」。「陽炎」(かげろふ／かげろう：kagerō)，又稱陽氣，春夏陽光照射地面升起的遊動氣體；「干して」(ほして：hoshite)，乾、曬乾；「濡るる」(ぬるる：nururu)，濕潤、濡濕。

033

　　即便倒下來，
　　它仍然微笑——啊，
　　女兒節的偶人

☆転びても笑ふてばかりひひな哉

korobite mo / waraute bakari / hiina kana

譯註：原詩可作「転びても／笑ふてばかり／雛哉」。「転び」(ころび：korobi)，跌倒、倒下；「ばかり」(bakari)，唯、總是之意；「雛」(ひひな：hiina)，紙或布作的小型人偶。日本女兒節在三月三日，亦稱「偶人節」，女孩子們在此日備偶人、點心、白酒、桃花為祭物，祈求幸福。

034

　　拂曉的別離
　　偶人們
　　豈知哉

☆曙のわかれわもたぬひいな哉
akenono no / wakare wa motanu / hiina kana

譯註：原詩可作「曙の／別れわ持たぬ／雛哉」。「別れ」（わかれ：wakare），離別之意；「持たぬ」（もたぬ：motanu），未持有、未有之意。這首俳句寫於三月三日「偶人節」（女兒節）。千代尼與其女弟子（亦為其晚年之「閨蜜」）相河屋すへ女（1719-1788，本書簡稱其為「Sue女」），於此日以筆沾「桃酒」，合寫一由十七音節長句與十四音節短句構成的「短連歌」。千代尼先寫此長句，以沒有知覺的偶人對比戀愛中的人間男女別離的哀愁，Sue女接以底下短句——

　　紙門拉開——
　　鳥影香動……

☆あくる障子ににほふ鳥影（Sue女）
akuru shōji ni / niou torikage

日本古代男女幽會（特別是不倫之會），都必須在天亮前分手，這拂曉別離之苦可以想見。但詩人卻迂迴問說「偶人們怎麼知道啊？」偶人們不知，誰知？當然是人知。又是什麼人知道？當然是陷在不倫之戀之苦的我（千代尼？）啊！

035
  退潮後的海灘上
  撿起來的東西
  ——都會動

☆拾ふものみな動く也塩干潟
hirou mono / mina ugoku nari / shiohigata

譯註：此詩描寫退潮時在海灘撿拾魚貝螃蟹等之情景。原詩可作「拾ふ物／皆動く也／潮干潟」。「塩干潟」即「潮干潟」（しおひがた：shiohigata），退潮後露出的沙灘，潮灘、潮間地。

036
  退潮——
  蝴蝶
  踮起腳站立

☆蝶々のつまたてて居るしほ干かな
chōchō no / tsumatatete iru / shiohi kana

譯註：原詩可作「蝶蝶の／爪立てて居る／潮干哉」。「爪立てて」（つまたてて：tsumatatete），用腳尖站起，墊起腳之意；「居る」，停留、保持之意；「潮干」（しおひ：shiohi），退潮、落潮之意。

037
　　幽會愛愛完畢後
　　無聲響──
　　兩隻貓別離時分

☆声たてぬ時がわかれぞ猫の恋
koe tatenu / toki ga wakarezo / neko no koi

譯註：原詩可作「声立てぬ／時が別れぞ／猫の恋」。「立てぬ」（たてぬ：tatenu），不揚起、不發出（聲音）之意──「ぬ」（nu）是表示否定的助動詞；「別れ」（wakare）即離別、別離。

038
　　踏過雪地求偶的
　　貓──
　　雪中迷路了

☆ふみ分て雪にまよふや猫の恋
fumiwakete / yuki ni mayou ya / neko no koi

譯註：原詩可作「踏み分けて／雪に迷ふや／猫の恋」。「ふみ分て」（踏み分けて：fumiwakete），踏步前進之意；「迷ふ」（まよふ：mayou），迷失之意。

039

　　野雞鳴唱——
　　大地化為
　　繽紛的花草

☆雉子啼て土いろいろの草となる
kiji naite / tsuchi iroiro no / kusa to naru

譯註：原詩可作「雉子啼て／土色色の／草と成る」。日語「土」（つち：tsuchi），即土地、大地；「色色」（いろいろ：iroiro），形形色色、各種各樣之意；「成る」（naru），變成之意。

040

　　想要躲起來——
　　野雞被自己的叫聲
　　出賣了……

☆隠すべき事もあれ也雉の声
kakusubeki / koto mo arenari / kiji no koe

譯註：原詩中的「あれ也」（あれなり：arenari），也可寫成「彼なり」，就那樣、照舊、跟原先一樣之意——意謂野雞的叫聲，讓它想把自己藏起來這事徒勞無功，照舊不成。

041

> 野雞鳴叫——
> 青山早晨的
> 睡意全消

☆雉子鳴て山は朝寝のわかれかな

kiji nakite / yama wa asane no / wakare kana

譯註：原詩可作「雉子鳴て／山は朝寝の／別れ哉」。「別れ」（wakare），別離、告別、告終之意。

042

> 黃鶯——啊，它
> 試著吐出幾個音，又試著
> 吐出幾個音……

☆鶯や又言なほし言なほし

uguisu ya / mata iinaoshi / iinaoshi

譯註：原詩可作「鶯や／又言直し／言直し」。「言直し」（iinaoshi），意謂矯正、更正前面說過的話再重說一遍。此詩頗生動地描繪春來時黃鶯反覆、間斷吐出「ホーホーケキョ」（hōhōkekyo）鳴聲的有趣情狀。

043

　　黃鶯，
　　沒問過梅花，就走到
　　別處去了

☆鶯や梅にも問はずよそ歩行

uguisu ya / ume nimo towazu / yoso ariki

譯註：原詩可作「鶯や／梅にも問はず／余所歩行」。「問はず」（とはず：towazu），「沒問」之意；「よそ」（余所：yoso），別的地方。

044

　　鄰家庭院來了
　　一隻黃鶯，日暮了，
　　都還不來我這裡……

☆鶯の隣まで来て夕べ哉

uguisu no / tonari made kite / yūbe kana

045

　　黃鶯變成了
　　一隻黃鶯──
　　水聲琮琮……

☆鶯やうぐいすになる水の音
uguisu ya / uguisu ni naru / mizu no oto
譯註：原詩可作「鶯や／鶯に成る／水の音」。

046

　　高鳴
　　入夜──啊，兩三隻
　　雲雀

☆ふたつみつ夜に入そうな雲雀哉
futatsu mitsu / yo ni irisōna / hibari kana
譯註：原詩可作「二つ三つ／夜に入そうな／雲雀哉」。「入そうな」（いりそうな：irisōna），進入之意。

047
　　把鳥鳴
　　讓給世界——
　　但留松風之音伴我

☆囀りを世にや譲りて松の琴
saezuri o / yoni ya yuzurite / matsu no koto

譯註：此詩所寫應為千代尼五十二歲（1754年）落髮之前，內心對「浮於世又隱於世」的生之境界的期盼。

048
　　雨雲當頭——
　　青蛙把肚子挺得
　　大大的……

☆雨雲にはらのふくるる蛙かな
amagumo ni / hara no fukururu / kawazu kana

譯註：原詩可作「雨雲に／腹の膨るる／蛙哉」。「膨るる」（ふくるる：fukururu），膨脹、鼓出之意。此詩頗有趣。青蛙愛玩水，雨雲才飄過來，就迫不急待挺肚準備讓雨淋！

049

蹲坐
望雲者——
是蛙喲

☆踞ばふて雲を伺ふ蛙かな

tsukubōte / kumo o ukagau / kawazu kana

譯註：此詩收於1764年出版的《千代尼句集》中，讓人想到與謝蕪村1771年之句「端坐／望雲者，／是蛙喲」（行雲を見つつ居直る蛙哉），以及小林一茶1813年之句「悠然／見南山者，／是蛙喲」（ゆうぜんとして山を見る蛙哉）。

050

三番兩次小試
熱身後，終於大力一躍
啊，這隻青蛙

☆ふたつみつ飛んで見て飛蛙かな

futatsu mitsu / tonde mite tobu / kawazu kana

譯註：原詩可作「二つ三つ／飛んで見て飛／蛙哉」。

051

　　一隻向前飛跳，
　　其他隻也都跟著躍出——
　　啊，這些青蛙！

☆一つ飛ぶそこで皆とぶ蛙かな

hitotsu tobu / sokode mina tobu / kawazu kana

譯註：原詩可作「一つ飛ぶ／其処で皆飛ぶ／蛙哉」。「そこで」（其処で：sokode），隨後、如是之意。

052

　　仰頭
　　望梅花者，
　　蛙喲

☆仰向いて梅をながめる蛙かな

aomuite / ume o nagameru / kawazu kana

譯註：原詩可作「仰向いて／梅を眺める／蛙哉」。「眺める」（ながめる：nagameru），眺望、注視之意。據說加賀藩主前田重教（1741-1786）有次在街上遇見千代尼，要她當場寫一首俳句，千代尼即興吟出此詩，把自己比做是一隻仰望梅花（前田家族的家徽）的蛙。

053
  即使在下雨天
  也許想起往事——
  青蛙歌唱……

☆雨のひもなにおもいでて鳴蛙
ame no hi mo / nani omoidete / naku kawazu

譯註：原詩可作「雨の日も／何思い出て／鳴蛙」。

054
  羽翼輕動——
  啊蝴蝶，你
  夢見什麼？

☆蝶々や何を夢みて羽づかひ
chōchō ya / nani o yumemite / hanezukai

譯註：「羽づかひ」（はねづかい：hanezukai）即「羽使い」，擺弄羽翼之意。莊周夢蝶，而歇息／小眠中的蝴蝶，羽翼忽然擺動了一下，是夢見了什麼嗎？

055

　　一隻蝴蝶，在
　　女子行走的路上
　　忽前忽後飛舞

☆蝶々やをなごの道の跡や先

chōchō ya / onago no michi no / ato ya saki

譯註：原詩可作「蝶蝶や／女子の道の／跡や先」。「跡」（あと：ato），足跡之意，又與「後」（あと：後方、後面）同音；「先」（さき：saki），前方、前面之意。

056

　　蝴蝶啊——
　　你居然也有
　　一肚子氣的日子！

☆蝶々やなれも腹たつ日のあらむ

chōchō ya / nare mo hara tatsu / hi no aran

譯註：「腹たつ」（はらたつ：hara tatsu）即「腹立つ」（はらだつ：音 haradatsu），憤怒、生氣之意。

057
　　法會上──
　　蝴蝶
　　也無聲

☆をしなべて声なき蝶も法の場

oshinabete / koe naki chō mo / norinoniwa

譯註：此詩寫於親鸞上人（1173-1263）「五百回忌」法會。原詩可作「押し並べて／声無き蝶も／法の場」。「押し並べて」（をしなべて：oshinabete），一律、全都、全部一樣之意。

058
　　下雨天──
　　那隻蝴蝶只好接二
　　連三做夢到明天……

☆雨の日は明日の夢まで胡蝶かな

ame no hi wa / asu no yume made / kochō kana

譯註：原詩可作「雨の日は／明日の夢まで／胡蝶哉」。「まで」（made），至、直到之意。

059

　　直到他的斗笠
　　化成蝶──
　　我渴望他

☆蝶ほどの笠になるまでしたひけり
chō hodo no / kasa ni naru made / shitaikeri

譯註：原詩可作「蝶ほどの／笠に成るまで／慕いけり」。此為千代尼於1770年春所寫，送別將往京都的年輕俳人小寺後川（?-1800）的俳句，當時千代尼六十八歲。這首俳句語氣極為親密，讀起來像是寫給戀人的情詩。後川是千代尼生命中重要俳友和田希因（1700-1750）的兒子。有一種說法說後川是希因和千代尼所生。

060

　　梅花綻放──
　　不管落下的是雨或雪
　　春天就是春天！

☆梅咲くや何が降っても春は春
ume saku ya / naniga futte mo / haru wa haru

061

　　梅花,以香味
　　回報
　　折枝者

☆手折らるる人に薰るや梅の花
taoraruru / hito ni kaoru ya / ume no hana

譯註:此詩有題「仇將恩報」,以德報怨之意。

062

　　風中梅香——
　　啊,雪女被
　　吹往何方?

☆梅が香や何所へ吹かるる雪女
umegaka ya / doko e fukaruru / yukionna

譯註:雪女,或稱雪精靈,是日本傳說中著白色衣物,讓人驚艷又害怕的女妖。

063

難捨難忘啊，
未謝落前
那梅花之姿

☆なごりなごり散るまでは見ず梅の花

nagori nagori / chiru made wa mizu / ume no hana

譯註：此詩前書「梅花佛手向」，意為「獻給梅花佛之靈」。「梅花佛」為蕉門十哲、亦為千代尼俳句之師的各務支考晚年之號。這首寫於1731年的俳句，是二十九歲的千代尼聞恩師支考長逝後悼念之作。原詩可作「名残名残／散るまでは見ず／梅の花」。「なごり」（名残：nagori），惜別、難分難捨之意。

064

吹來梅香的
今日的風啊，日後
再指責你吧

☆むめが香や後のそしりも今日の風

(m)umegaka ya / ato no soshiri mo / kyō no kaze

譯註：此詩頗幽微曼妙。今日的風將梅香吹來，算是日行一善、足堪嘉許的模範生。但同樣的風他日會將花吹落、吹散，此罪誠大，待其犯案後再咎其責吧！「むめが香」（mumegaka）即「梅が香」（うめがか：umegaka）；「そしり」（誹り：soshiri），指責之意。

65

065
　　　梅花香中
　　　食白飯——
　　　足矣此世！

☆梅が香に白き飯くふ世なりけり
umegaka ni / shiroki meshi kū / yo narikeri
譯註：原詩可作「梅が香に／白き飯食／世也けり」。

066
　　　走到哪裡看，
　　　櫻花都讓你發狂——
　　　啊，吉野山

☆どち見むと花に狂ふやよしの山
dochi min to / hana ni kurū ya / yoshinoyama
譯註：原詩可作「何方見むと／花に狂ふや／吉野山」。

067

　　　吉野山,百徑
　　　千樹萬花,一朵花
　　　只能投以一眼!

☆道々の花を一目やよし野山
michimichi no / hana o hitome ya / yoshinoyama
譯註:原詩可作「道道の／花を一目や／吉野山」。

068

　　　野宿兩三夜
　　　方配言你看過
　　　吉野山櫻花!

☆ふた夜三夜寝て見る花やよし野山
futa yo mi yo / nete miru hana ya / yoshinoyama
譯註:原詩可作「二夜三夜／寝て見る花や／吉野山」。

069
　　吉野山！
　　即便跌倒，也倒在
　　櫻花上

☆みよし野やころび落ても花の上
miyoshino ya / korobi ochite mo / hana no ue

譯註：原詩可作「吉野山や／転び落ても／花の上」。「転び」（ころび：korobi），跌倒之意。

070
　　櫻花的黎明——
　　月影
　　也駐足

☆月影もたたずむや花の朝ぼらけ
tsukikage mo / tatazun ya hana no / asaborake

譯註：原詩可作「月影も／佇むや花の／朝朗け」。日語「月影」（つきかげ：tsukikage），在中文裡有「月光」以及「月影」兩意，亦是月亮的代稱；「たたずむ」（佇む：tatazun），佇足、駐足之意；「朝ぼらけ」（朝朗け：asaborake），黎明，拂曉之意。

071

　　他遠去的身影
　　變成墨跡,
　　變成櫻花……

☆見送れば墨染に成花になり
miokureba / sumizome ni nari / hana ni nari

譯註:此詩寫於1760年春,為五十八歲的千代尼送別俳友既白法師(《千代尼俳句集》編者)之作,既白正準備前往以櫻花知名的吉野山。原詩可作「見送れば／墨染に成／花に成」。「墨染」指用墨染成的黑色,亦指僧侶所穿的黑袈裟。

072

　　啊賣草鞋的來了
　　──帶來
　　初櫻已開的消息

☆ざうり家の来て聞えけり初ざくら
zōriya no / kite kikoekeri / hatsuzakura

譯註:原詩可作「草履屋の／来て聞えけり／初桜」。「ざうり家」(草履屋:zōriya),賣草鞋者;「はつざくら」(初桜:hatsuzakura),一年中最早綻放的櫻花。

073

　　看到了今年最早的
　　櫻花：還以為
　　會一無所獲而返！

☆唯かへる心で出たにはつざくら

tada kaeru / kokoro de deta ni / hatsuzakura

譯註：原詩可作「唯返る／心で出たに／初桜」。「かへる」（返る：kaeru），返回之意。詩人以為今春櫻花可能尚未綻放，抱著無功而返之心外出尋櫻，沒想到居然遇上了今年第一波櫻花。

074

　　櫻花初放——
　　那些腳印是
　　男人的……

☆あしあとは男なりけり初桜

ashiato wa / otoko narikeri / hatsuzakura

譯註：這首詩今日讀起來別有趣味，有點「女性在發聲」的某種「女性主義」傾向。傳統上男性話語權總壓過女性，俳句作者也大多數是男性。此句如果由「他」們來寫，可能會少一個字，不會寫說「那些腳印／是『男』人的……」。「あしあと」即「足跡」（ashiato）。

075

　　櫻花初放：如果
　　今天不去看，明天
　　是否已成二手花？

☆けふ来ずば人のあとにか初桜

kyō kozuba / hito no ato ni ka / hatsuzakura

譯註：原詩可作「今日来ずば／人の後にか／初桜」。「来ずば」（kozuba），「如果不來」之意；「後」（あと：ato），之後、後繼者之意。今日若不搶先看最早開之櫻，落於人後，明日後再看，怕已成「二手花」了！

076

　　月夜櫻花
　　燦開──害不眠的
　　蝴蝶睡早覺

☆月の夜の桜に蝶の朝寝かな

tsuki no yo no / sakura ni chō no / asane kana

077
　　　傍晚寺院鐘聲
　　　被櫻花
　　　攔截在半空中

☆晚鐘を空におさゆるさくらかな
iriai o / sora ni osayuru / sakura kana

譯註：原詩可作「晚鐘を／空に押さゆる／桜哉」。「おさゆる」（押さゆる：osayuru），抑制、扣住之意。此詩被收於俳人兔路所編女俳人句集《姬の式》（1726）以及俳人既白所編《千代尼句集》（1764）中。詩中鐘聲、櫻花的意象，以及聽覺、視覺「聯覺」的運用，頗可與芭蕉 1687 年的名句相比較——「櫻花濃燦如雲，／一瓣瓣的鐘聲，傳自／上野或者淺草？」（花の雲鐘は上野か浅草か）。櫻花團團，似將遠處傳來的鐘聲攔住、籠罩住，我們分不清到底是聽到花之聲，還是看到鐘之花？

078
　　　花就是櫻花哪——
　　　花雲湧現，真實的
　　　雲盡消……

☆花は桜まことの雲は消にけり
hana wa sakura / makoto no kumo wa / kienikeri

譯註：「まこと」（真／実：makoto），真實之意。

079
　　森林中的
　　櫻花――啊，從早
　　到晚無人賞

☆朝夕に見ぬ森からも桜かな
asayū ni / minu mori karamo / sakura kana

080
　　眼睛裡塞滿了
　　山櫻花――啊，
　　忘了路

☆眼をふさぐ道もわすれて山ざくら
me o fusagu / michi mo wasurete / yamazakura

譯註：原詩可作「眼を塞ぐ／道も忘れて／山桜」。「塞ぐ」（ふさぐ：fusagu），塞、堵之意；「忘れて」（わすれて：wasurete），忘記。

081
　　山櫻燦開
　　我一人獨看——
　　真過意不去！

☆山桜ひとり見に来てすまぬもの
yamazakura / hitori mi ni kite / sumanu mono

譯註：原詩可作「山桜／一人見に来て／済まぬもの」。「済まぬ」（すまぬ：sumanu），對不起之意。

082
　　被絲線般的垂櫻
　　纏住了——
　　蝴蝶索性睡午覺

☆むすばれて蝶も昼寝や糸ざくら
musubarete / chō mo hirune ya / itozakura

譯註：原詩可作「結ばれて／蝶も昼寝や／糸桜」。「むすばれ」（結ばれ：musubare），繫、結之意；「糸桜」（糸ざくら：itozakura），即垂櫻，軟條櫻花。

083
　　先他人而來，
　　櫻花賞罷
　　又一人獨歸

☆人先に来て又ひとり花戻り
hito saki ni / kite mata hitori / hanamodori
譯註：原詩可作「人先に／来て又一人／花戻り」。「花戻り」（即「花戾」：hanamodori），意指賞櫻回來的路上。

084
　　桃花燦開——啊
　　村裡孩子沒被曬黑
　　依然白皙的皮膚

☆里の子の肌まだ白し桃の花
sato no ko no / hada mada shiroshi / momo no hana
譯註：日語「まだ」（mada），仍舊、依然之意。

085

　　桃花盛開──
　　賞花者幾度
　　撞上馬……

☆桃咲や幾度馬に行きあたり
momo saku ya / ikutabi uma ni / yukiatari

譯註:「行きあたり」即「行当り」,意指「前進中遇到阻礙」或「向前行而碰上」。

086

　　門開
　　但無人在──
　　啊,桃花

☆戸の開てあれど留守なり桃の花
to no akete / aredo rusu nari / momo no hana

譯註:原詩可作「戸の開て／あれど留守也／桃の花」。「あれど」(aredo),然而之意;「留守」(rusu),指外出、不在家,或看家、看門者──如是,此詩亦可譯為「門開／但無人在:留守者──／啊,桃花」。

087
  紫藤花開──
  松風也
  悄聲細語……

☆松風の小声になるや藤の花
matsukaze no / kogoe ni naru ya / fuji no hana

088
  春日嫩草新生──
  小馬，不管睡著或站著，
  也全都美麗！

☆若草や駒の寝起もうつくしき
wakakusa ya / koma no neoki mo / utsukushiki

譯註：此詩有題「畫贊」。原詩可作「若草や／駒の寝起も／美しき」。「駒」（こま：koma），馬或小馬之意。

089

　　早晚──
　　樹芽上,露珠
　　胖嘟嘟……

☆朝夕に雫のふとる木の芽哉
asayū ni / shizuku no futoru / konome kana

譯註:日文「雫」(しずく:shizuku),也可寫成「滴」,水滴、水珠之意;「ふとる」(肥る:futoru),肥胖之意。

090

　　嫩草間
　　雉雞長長的尾巴,以及
　　叫聲……

☆若草や尾のあらわるる雉子の声
wakakusa ya / o no arawaruru / kiji no koe

譯註:原詩可作「若草や／尾の顕るる／雉子の声」。「あらわるる」(顕るる／現るる:arawaruru),顯露出來、現露出來之意;「雉子」(kiji),即雉雞、山雞、野雞,日本特產之鳥,雄雉羽毛色美,尾長。

091
  嫩草青青——
  草葉縫隙間
  水色入眼

☆若草やきれまきれまに水の色

wakakusa ya / kirema kirema ni / mizu no iro

譯註：原詩可作「若草や／切れ間切れ間に／水の色」。「切れ間」（きれま：kirema），縫隙之意。

092
  蒲公英——
  三不五時，把蝴蝶
  從夢中喚醒

☆たんぽぽや折々さます蝶の夢

tampopo ya / oriori samasu / chō no yume

譯註：原詩可作「蒲公英や／折折覚ます／蝶の夢」。「さます」（覚ます／醒ます：samasu），弄醒、喚醒之意；三不五時，屢屢、不時之意。

093

    名為土筆的筆頭草
    遍生的野地裡：
    一筆筆寺廟的遺跡

☆つくつくしここらに寺の跡もあり
tsukutsukushi / kokora ni tera no / ato mo ari

譯註：原詩可作「土筆／此処らに／寺の跡も在り」。「つくつくし」（tsukutsukushi）或「つくづくし」（tsukuzukushi）即「土筆」，中文稱筆頭菜、筆頭草、馬尾草、問荊，為多年生孢子植物，每年春天時生長得很快，繁殖力超強。「ここら」（kokora）兼有「此処ら」（此處、這一帶）以及「幾許」（眾多、許多）之意。

094

    奔跑的馬也聞著
    它們自己的腳——
    啊，野紫羅蘭

☆駈出る駒も足嗅ぐすみれ哉
kakeizuru / koma mo ashi kagu / sumire kana

譯註：原詩可作「駈出る／駒も足嗅ぐ／菫哉」。日語「駈出る」（kakeizuru），奔跑出去之意。

095

　　根深蒂固，
　　女子的慾望——
　　野紫羅蘭

☆根を付て女子の欲や菫草

ne o tsukete / onago no yoku ya / sumiregusa

譯註：就千代尼那個時代的女性而言，此首俳句對情慾的表達，可說相當強有力而直接，且富官能美。「付て」（つけて：tsukete），附著、接合之意。

096

　　牛也起身
　　全神貫注地觀賞
　　野紫羅蘭

☆牛も起てつくづくと見る菫哉

ushi mo okite / tsukuzuku to miru / sumire kana

譯註：原詩可作「牛も起て／熟熟と見る／菫哉」。日語「つくづく」（熟熟：tsukuzuku），仔細、專注、凝神之意。

097

黃鶯
將猶在睡夢中的柳樹
喚醒……

☆鶯は起せどねぶる柳哉
uguisu wa / okosedo neburu / yanagi kana
譯註：原詩可作「鶯は／起せど眠る／柳哉」。「起せ」（即「起こせ」：okose），喚醒之意。

098

青柳——
無論植於何處，皆
靜也

☆青柳は何所に植ても静なり
aoyagi wa / doko ni uete mo / shizukanari
譯註：原詩可作「青柳は／何所に植ても／静也」。

099

　　柳條，要纏
　　要解——
　　要看風呢

☆結ばふと解ふと風のやなぎかな
musubō to / tokō to kaze no / yanagi kana
譯註：原詩可作「結ばふと／解ふと風の／柳哉」。

100

　　雖然有一抱
　　之粗——但柳樹
　　依然是柳樹

☆一抱えあれど柳は柳哉
hitokakae / aredo yanagi wa / yanagi kana

譯註：此詩頗堪玩味——柳條細如一纖削、輕盈之女，但眾纖細女環抱在一起，也不會變出一個肥女啊。「あれど」（aredo），然而、儘管如此之意。

101
　　再睡一覺，
　　直到百年——
　　楊柳樹

☆百とせに最一眠り柳かな

momotose ni / mō hito nemuri / yanagi kana

譯註：此詩為千代尼1763年之作，有前書「八十之賀」，是寫給大她十九歲的恩師兼戀人岸大睡（1684-1775）的俳句，透露出兩人間漫長而親密的關係，言簡情深，非常動人。愛與死是人間，也是所有詩中，最大的主題。八十歲的你怕死嗎？當然怕。怎樣能較無懼？最好的方式就是透過愛。我們彷彿聽到千代尼對八十歲的岸大睡說：「大睡，你好好睡，慢慢睡，不要怕，我就在你的身邊，看著你睡。再睡一覺，睡二十年，直到百年。」這「百年」是一睡二十年的好眠，也是永恆或死。但會怕嗎？「大睡，你看，窗外好綠的楊柳樹，陽光，微風，生命正燦爛著呢。」岸大睡後來活了九十二歲，與七十三歲的千代尼同年辭世。

102

柳樹不開花──
它安然地
搖曳身軀……

☆花咲ぬ身はふり安き柳かな

hanasakinu / mi wa furi yasuki / yanagi kana

譯註：原詩可作「花咲ぬ／身は振り安き／柳哉」。「花咲ぬ」（hanasakinu），「不開花」之意；「ふり」（振り：furi），振動、擺動之意。

103

　　倘有河水誘你，
　　當樂意濕身／
　　失身吧，楊柳……

☆誘ふ水あらばとぬるる柳かな

sasou mizu / araba to nururu / yanagi kana

譯註：原詩可作「誘ふ水／あらばと濡るる／柳哉」。「あらば」（araba），「倘有」、「如果有」之意；「ぬる」（濡る：nuru），浸濕之意。此詩有題「小町贊」，是向美貌、詩才雙絕的平安時代女歌人，《古今和歌集》「六歌仙」之一的小野小町致敬之作。小町據說晚年情景淒慘，也是六歌仙之一的文屋康秀赴任三河掾時，邀其同往鄉縣一視，小町乃詠底下短歌答之——「此身寂寞／漂浮，／如斷根的蘆草，／倘有河水誘我，／我當前往」（わびぬれば身をうき草の根を絶えて誘ふ水あらばいなむとぞ思ふ：wabinureba / mi o ukigusa no / ne o taete / sasou mizu araba / inan to zo omou）。千代尼以小町歌中「誘ふ水あらば」（sasou mizu araba：「倘有河水誘」）這幾個一模一樣的字詞為主題，變奏出一首同樣動人的俳句。

104

更加長，
更加驚人——
啊，柳樹！

☆のびる程恐ろしうなる柳かな

nobiru hodo / osoroshū naru / yanagi kana

譯註：原詩可作「伸びる程／恐ろしう成る／柳哉」。「伸びる」（のびる：nobiru），伸長、變長之意；「程」（ほど：hodo），程度。「恐ろしう」（osoroshū），驚人、嚇人之意。

105

啊，黑袈裟——
你可以成為
月與花的墨影了

☆墨染やその月花の筆の陰

sumizome ya / sono tsukihana no / fude no kage

譯註：此詩有前書「麻父落髮為僧」，是千代尼聞俳友麻父落髮後所作。日語「墨染」有兩個意思，一指用墨染成的黑色，一指黑色的僧衣。千代尼說麻父穿了黑袈裟，從此可以更自在、純粹地以筆墨之影吟花詠月了。千代尼落髮時，麻父曾贈以底下之詩——「多風雅啊，／無遮蔽地撫摸著／鏡子——冬之月」（おもしろし鏡は撫て冬の月）。

106

春將去也——
每一隻蝴蝶都與
春同樂過……

☆行春にそこねた蝶はなかりけり

yuku haru ni / sokoneta chō wa / nakarikeri

譯註：原詩可作「行春に／損ねた蝶は／無かりけり」。日語「そこねた」（sokoneta）即「損ねた」，受損、錯失機會之意。本詩直譯大致為「春將去也——／錯失過與春同樂機會的／蝴蝶，是沒有的！」

107

暮春——且在
野外露宿一夜，再
回去補睡早覺！

☆暮の春みな草臥て朝寝かな

kurenoharu / mina kutabirete / asane kana

譯註：千代尼此詩頗巧妙地玩了雙關語的遊戲。日語「草臥て」（くたびれて：kutabirete）一詞兼有露宿和疲憊之意——春日將盡、春光苦短，趕緊出外夜遊、冶遊吧，但露宿睡眠效果可能欠佳，一夜之後人感疲憊，只好晝寢補眠！

108

春日將盡──
蝴蝶飛啊飛,
什麼也沒說

☆ものひとついはで胡蝶の春くれぬ

mono hitotsu / iwade kochō no / haru kurenu

譯註:原詩可作「物一つ／言はで胡蝶の／春暮れぬ」。「言はで」(いはで:iwade),「不言」之意。

夏之句

109
　　杜若花開──
　　暮春的水啊,請
　　維持原樣……

☆行春の水そのままや杜若

yuku haru no / mizu sonomama ya / kakitsubata

譯註:此詩可視為本書第 1 首譯詩(「暮春的尾巴啊,／請停留在／杜若花,不要動……」)的姊妹作。「そのまま」(sonomama),就照原樣、保持原貌之意。

110

雲的紫色,雲的
緣——其唯
簇簇杜若最相知

☆雲のゆかりそれかとばかり杜若

kumo no yukari / sore ka to bakari / kakitsubata

譯註:原詩可作「雲の緣/其れかとばかり/杜若」。「ゆかり」(緣:yukari)即中文的「緣」,又另有「紫色」之意;「其れかとばかり」(sore ka to bakari)即「其唯」之意。天際紫雲飄浮,地上一簇簇紫色杜若花綻放,有緣遙輝映、「應合」(Correspondances),其波特萊爾似「黃昏的和諧」(Harmonie du soir),天地、宇宙的和諧乎⋯⋯。平安時代,紫色被稱為「緣之色」(「緣の色」:所以紫式部的《源氏物語》也被人稱作《紫之緣物語》〔紫の緣の物語〕),其典故據說出自《古今和歌集》卷十七無名氏這首短歌——

緣於一株
紫草,
武藏野生長的
所有的草
都讓我憐惜……

☆紫の一本故に武蔵野の草は皆がら哀れとぞ見る
murasaki no / hitomoto yue ni / musashino no / kusa wa minagara / aware to zo miru

日文原歌中的「故」（ゆゑ：yue）意即緣故、緣由，也就是千代尼詩中的「緣」（ゆかり：yukari）；「哀れ」（aware）則有哀憐、憐惜、情趣、深切感動等意。《古今和歌集》此歌作者因為對一株紫草（一位戀人）的愛，讓武藏野所有其他的草都受其珍惜。愛之緣、紫之緣讓其「愛屋及烏」，覺得與其最愛有關的一切都是可愛的！

111

　　看見竹子動——
　　它自己也覺得熱
　　在搧涼吧

☆うごかして見れど竹にも暑さかな

ugokashite / miredo take nimo / atsusa kana

譯註：原詩可作「動かして／見れど竹にも／暑さ哉」。「動かして」（ugokashite），動、搖動之意；「暑さ」（atsusa），「熱」或暑氣之意。

112

　　晚鐘聲響，漸擴
　　漸遠——白日殘存的
　　熱氣也四處散……

☆晩鐘に散り残りたる暑さかな

banshō ni / chirinokoritaru / atsusa kana

113
　　大熱天——
　　水上
　　山影不動

☆暑き日や水も動かぬ山の影
atsukihi ya / mizu mo ugokanu / yama no kage
譯註:「動かぬ」(ugokanu),「不動」之意。

114
　　走過去一看,才
　　發現——森林
　　有森林自己的熱!

☆来て見れば森には森の暑さかな
kite mireba / mori ni wa mori no / atsusa kana
譯註:遠看,覺得森林很像很涼;近觀,始覺它有它自己的熱!

115

　　涼哉，
　　八十年松風之音
　　如琴鳴……

☆涼しさやことに八十年の松の声
suzushisa ya / koto ni yasoji no / matsu no koe

譯註：此詩寫於 1763 年（千代尼七十一歲時），有題「八十之賀」，為於小堀牛山家，賀其八十歲壽辰之作。松，自來即為長壽的象徵。「こと」（koto），即「琴」、古琴。

116

　　涼哪——深夜猶
　　流連橋上
　　互不認識的同伴

☆涼しさや夜ふかき橋にしらぬ同士
suzushisa ya / yo fukaki hashi ni / shiranu dōshi

譯註：原詩可作「涼しさや／夜深き橋に／知らぬ同士」。「しらぬ」（知らぬ：shiranu），意為「不認識的」。

117

　　涼風爽兮，一隻
　　鷺鷥，久久地，把
　　脖子伸得長又長

☆涼しさやあるほど出して鷺の首

suzushisa ya / aruhodo dashite / sagi no kubi

譯註：原詩可作「涼しさや／有程出して／鷺の首」。「あるほど」（有程：aruhodo），盡其所有、盡其所能之意；「出して」（dashite），伸出之意。

118

　　涼啊——
　　竹林裡，風吹
　　她衣服下襬……

☆涼しさや裾からも吹藪たたみ

suzushisa ya / suso karamo fuku / yabu tatami

譯註：日文原詩中「藪たたみ」（やぶたたみ：yabu tatami）即「藪疊」（やぶだたみ：音 yabudatami），竹叢、竹林之意。

119
    清空了煙草盒，
    回到家——
    涼哉

☆煙草入払ろて戻るすずみかな
tabakoire / harōte modoru / suzumi kana

譯註：原詩可作「煙草入／払ろて戻る／涼み哉」。「煙草入」（tabakoire），裝煙草的容器，煙草盒；「払ろて」（harōte），拂除、清空之意。此詩似描繪在野外工作的農人，一日勞動後，坐下來休息、抽煙，直到「清空了煙草盒」——抽光了煙草盒裡的煙草——而後回到家（戻る：modoru），復原（「戻る」的另一個意思：煙草盒回復原狀，無煙草一身輕），遠眺屋外平野，倍感清爽、清涼。

120
    數著一根一根松針
    直到溶入
    其涼……

☆松の葉もよみつくすほど涼けり
matsu no ha mo / yomitsukusu hodo / suzumikeri

譯註：原詩可作「松の葉も／読み付くす程／涼けり」。「よみつくす」（読み付くす：yomitsukusu），習慣性地讀著、數著；「ほど」（程：hodo），程度、地步。

121

　　涼風——
　　存於我衣袖裡，
　　伴我入睡……

☆涼風や袂にしめて寝入るまで

suzukaze ya / tamoto ni shimete / neiru made

譯註：詩中「しめて」（締めて／閉めて：shimete），有關閉、封入、存藏之意；「まで」（迄：made），直到、一直到。

122

　　月亮不只將光
　　也將涼意，投在
　　此葉、彼葉上

☆月涼しあの葉この葉に只置ず

tsuki suzushi / ano ha kono ha ni / tada okazu

譯註：原詩可作「月涼し／彼の葉此の葉に／只置ず」。「置ず」（okazu），投置、留下之意。

123

夏
月——觸
到了釣竿的線

☆釣竿の糸にさはるや夏の月

tsurizao no / ito ni sawaru ya / natsu no tsuki

譯註：原詩可作「釣竿の／糸に触るや／夏の月」。「さはる」（触る：sawaru），觸、碰之意。

124

夏夜短暫——
晨光中
過量的雞叫聲

☆短夜や旭にあまる鶏の声

mijikayo ya / asahi ni amaru / tori no koe

譯註：原詩可作「短夜や／旭に余る／鶏の声」。「あまる」（余る：amaru），過多、多到有餘之意。夏夜短暫，天早早亮，負報曉之責的雞們也提早上工，且可能因夏日日長，工時也不自覺地加長，響亮、喧鬧勝於往昔……

125

我忘了我的
胭脂紅唇——
啊清水

☆紅さいた口も忘るる清水かな
beni saita / kuchi mo wasururu / shimizu kana

譯註：此首俳句為千代尼最高傑作之一，收於她六十二歲時（1764）出版的《千代尼句集》中，推斷是她五十五歲左右的「成品」。在之前，在不同年歲，她起碼發表過三個相近版本——

>　紅粉さいた口もわすれて清水かな（約 25 歲）
>　口紅粉をわすれてすずし清水かげ（約 30 歲）
>　今つけた紅を忘るる清水かな（約 50 歲）

歷三十年，數易其稿、反覆推敲後終成此「決定版」。此處較費解的是「さいた：saita」一詞，如果讀成「咲いた」（saita，花開之意），則此句可寫成「紅咲いた／口も忘るる／清水哉」；而有些學者認為「さいた：saita」可能是「差した／注した」（さした：sashita，意為著色、塗上〔口紅〕）一詞的誤寫，則此句可寫成「紅注した／口も忘るる／清水哉」。俳句通常具有兩個要素：外在景色和剎那的頓悟——在靜與動，在永恆與當下動作的對比間，迸發出動人心弦、讓人驚喜雀躍的「心智的火花」（羅蘭·巴特所謂的「刺點」〔punctum〕）。唇塗口紅（或曾塗口紅），雙唇燦開如紅花的女子，俯身欲掬飲岩間或地上清水的剎那，忘卻了此身或此生的脂粉事／物。手（或唇）觸清水的那一瞬間，那一「刺點」，即是頓悟所生處。千代尼一生所寫以「清水」為季語的俳句高達三十五首。

126

　　清水：
　　沒有正面
　　沒有背面

☆清水には裏も表もなかりけり

shimizu ni wa / ura mo omote mo / nakarikeri

譯註：此詩有前書「真如平等」。「真如」，佛教用語，一般解釋為法的本性，法的真實本質。「真如平等」即法性平等。原詩可作「清水には／裏も表も／無かりけり」；可直譯為 ——「清水無表裏……」。

127

　　雙手放開，
　　眾物落地——
　　啊，清水

☆手のものを皆地に置て清水哉

te no mono o / minachi ni oite / shimizu kana

譯註：原詩可作「手の物を／皆地に置て／清水哉」。

128

以手為杯,我為
我旅途中寫作的毛筆
也掬一杯清水

☆道の記の筆にも結ぶ清水かな
michi no ki no / fude nimo musubu / shimizu kana

129

今日之雨——
將是旅途上所飲
清水之種

☆道すがら清水の種やけふの雨
michi sugara / shimizu no tane ya / kyō no ame

譯註:原詩可作「道すがら/清水の種/今日の雨」(「すがら:sugara」為「途中」之意),為千代尼送別年輕俳人後川之作,祝其炎夏出行,旅途安泰,願今日所降之雨,化作他未來所經山路林蔭下岩間湧出之清水,潤其喉,拭其汗。

130

　　珍寶啊，合手
　　掬之又掬之
　　——啊，清水

☆たからとはくめどもくめども清水かな

takara to wa / kumedomo kumedomo / shimizu kana

譯註：原詩可作「宝とは／汲めども汲めども／清水哉」。「たから：takara」，即「宝」；「くめ：kume」，即「汲め」、「酌め」——汲、酌之謂。

131

　　三伏天曬東西——
　　曬衣服，
　　也曬她的心事……

☆かけたらぬ女心や土用干

kaketaranu / onnagokoro ya / doyōboshi

譯註：原詩可作「懸けたらぬ／女心や／土用干」。「かけたらぬ」（懸けたらぬ：kaketaranu），懸掛、處置、寄託之意。日語「土用干」，指夏季三伏天期間曬衣服或書籍防蟲蝕。此詩似暗示傳統日本女性家庭或社會生活裡頗受壓抑，曬衣服時盼也能曬曬心事，一翻／一吐為快。

132
　　更衣：
　　她的美背
　　只讓花香窺見

☆花の香にうしろ見せてや更衣
hana no ka ni / ushiro misete ya / koromogae
譯註：原詩可作「花の香に／後ろ見せてや／更衣」。「後ろ」（うしろ：ushiro），後面、後方之意。

133
　　新穿的夾衣
　　──兩三天了，
　　還不習慣

☆二日三日身の添かぬる袷かな
futsuka mika / mi no soe kanuru / awase kana
譯註：日語「袷」（あわせ：awase），稱為「夾衣」的帶裡子的和服，初夏、初秋時穿。

134

夏日傍晚
大家都徒手不佩刀
湊在一起納涼

☆落合ふも皆丸腰や夕涼み

ochiau mo / mina marugoshi ya / yūsuzumi

譯註：日語「丸腰」（まるごし：marugoshi），空身、不佩刀，徒手之意。

135

鐘聲四方
明——啊，夕暮
何其涼爽

☆鐘の音も四方にわかるや夕涼み

kane no ne mo / yomo ni wakaru ya / yūsuzumi

譯註：原詩可作「鐘の音も／四方に分るや／夕涼み」。「わかる」即「分る／解る」（wakaru），明白、理解、判明之意。

136

女人們來到
田裡插秧——
頭髮未梳

☆まだ神のむすばぬも出て田植哉

mada kami no / musubanu mo dete / taue kana

譯註：原詩可作「まだ神の／結ばぬも出て／田植哉」。「まだ」（mada），仍舊、依然之意。千代尼此詩玩了雙關語遊戲。日語「神」，音「かみ」（kami），與「髮」（かみ）同音，而「むすばぬ」（結ばぬ：musubanu），意思為「未結」。所以「神のむすばぬ」（讀作「かみのむすばぬ」：kami no musubanu）可以有兩意，其一——「未與神結緣」（如是此詩可譯為「仍未與神／結緣的未婚者，也出來／田裡插秧」）；其二——「頭髮仍未結」（未梳理、未挽髮髻）。此處本詩中譯取第二意。日本江戶時代，種田之事大多數由女人負責。有時男人們也會被叫到田裡幫忙，譬如下一首詩中所顯示的。

137

啊，只有今天——
用男人
來種田

☆けふばかり男を使ふ田植哉

kyō bakari / otoko o tsukau / taue kana

譯註：原詩可作「今日ばかり／男を使ふ／田植哉」。「ばかり」（bakari），唯有之意。

138
> 蚊帳吊草——
> 也懸吊
> 在花佛堂

☆蚊帳つりの草もさげてや花御堂

kayatsuri no / kusa mo sagete ya / hanamidō

譯註：原詩可作「蚊帳つりの／草も下げてや／花御堂」。「下げて」（さげて：sagete），垂掛、懸吊之意。「蚊帳つりの草」（kayatsuri no kusa）即「蚊帳吊草」（音かやつりぐさ：kayatsurigusa），又稱莎草，一年生草本，為常出現於路邊和田野的雜草。花佛堂（日文「花御堂」），浴佛節時供奉佛像的小佛堂。浴佛節在四月八日，是釋迦牟尼佛誕生日，日本人稱「灌仏會」或「花祭」，通常以櫻花或其他當令花朵裝飾「花佛堂」之頂，而非用比較卑微、低下的蚊帳吊草。千代尼的後輩小林一茶有俳句說「有人的地方，／就有蒼蠅，／還有佛」（人有れば蠅あり仏ありにけり），雜草自然也有資格與佛同一室。

139

  聞者
  心中悲──
  啊,布穀鳥

☆淋しさは聞人にこそかんこどり

sabishisa wa / kiku hitoni koso / kankodori

譯註:原詩可作「淋しさは／聞人にこそ／閑古鳥」,為千代尼追憶其師中川乙由(1675-1739)之作,寫於1745年乙由「七回忌」(逝世滿六年忌)上。「淋しさ」(さびしさ),寂寞、淒涼之意;「閑古鳥」(かんこどり),即布穀鳥、杜鵑鳥或郭公。

140

  廣袤武藏野──
  叫叫子啊,你的叫聲
  被悶成低沉的餘音

☆武蔵野に声はこもらず行々子

musashino ni / koe wa komorazu / gyōgyōshi

譯註:原詩可作「武蔵野に／声は籠らず／行行子」。武藏野,鄰江戶(今東京)之廣大原野;「籠らず」(こもらず),悶在裡面之意;「行々子」即葦鶯或叫叫子,為叫聲頗聒噪之鳥。

141

  有聲音加入
  今夜的流水——
  布穀,布穀

☆ものの音水に入夜やほととぎす

mono no oto / mizu ni iru yo ya / hototogisu

譯註:寂靜夏夜,流水潺潺,突然聽到布穀鳥的叫聲。原詩可作「物の音／水に入夜や／時鳥」。

142

  布穀鳥鳴——
  紙上依然一片
  空白:啊孤寂

☆杜鵑まだ白紙のあはれなり

hototogisu / mada shirakami no / aware nari

譯註:原詩可作「杜鵑／まだ白紙の／哀也」。「まだ」(mada),仍舊、依然;杜鵑,即時鳥、布穀鳥。對比本書第4首,那首傳說中的「布穀鳥」名句,此詩情境變成——「布穀,又布穀——啊,天亮了!但詩神未垂憐,紙上一片空白,內心無限孤寂……」。

143

聞其音，佳，
不聞其音，亦佳——
啊，布穀鳥

☆聞もよし聞れぬもまた時鳥
kiku mo yoshi / kikarenu mo mata / hototogisu

譯註：原詩可作「聞もよし／聞れぬも亦／時鳥」。「よし」（yoshi），良、佳之意；「聞れぬ」（kikarenu），「未能聞」之意；「また」（mata），又、亦之意。此詩有前書「時鳥者，芭蕉翁之御像」，詩中的布穀鳥為俳聖芭蕉的化身。千代尼可謂芭蕉之再傳弟子，但未及親聆其教誨，她以布穀鳥鳴聲比芭蕉大雅之音，認為得聞其音、習之仿之固佳，若未能聞其音，自己遙想、形塑自己詩的聲調，也是不錯的事。

144

峰頂瀑布聲
變細了——
啊，蟬鳴……

☆滝の音も細るや峰に蝉の声
taki no ne mo / hosoru ya mine ni / semi no koe

145

　　只有在河裡
　　黑暗流動──
　　啊，流螢

☆川ばかり闇は流れて蛍かな
kawa bakari / yami wa nagarete / hotaru kana

譯註：原詩可作「川ばかり／闇は流れて／蛍哉」。「ばかり」（bakari），唯有、只有之意。

146

　　蒲草燭狀的花穗
　　點亮起來了──
　　啊，螢火蟲

☆がまの穂にとぼしつけたる蛍哉
gama no ho ni / toboshi tsuketaru / hotaru kana

譯註：原詩可作「蒲草の穂に／灯つ点けたる／蛍哉」。「蒲草」（がま：gama），又稱寬葉香蒲，其花穗狀如棕色蠟燭；「とぼし」（toboshi），灯；「つけたる」（点けたる：tsuketaru），點亮之意。

147

　　陰與陽，光
　　與夜，同在一葉內──
　　啊，螢火蟲

☆陰陽も一葉のうちに螢かな

onmyō mo / hitoha no uchi ni / hotaru kana

譯註：原詩可作「陰陽も／一葉の內に／螢哉」。

148

　　清水涼兮，
　　濕潤的夜裡，我
　　想著螢火蟲……

☆清水すずしぬる夜は思ふ螢哉

shimizu suzushi / nuru yo wa omou / hotaru kana

譯註：原詩可作「清水涼し／濡る夜は思ふ／螢哉」。「ぬる」（濡る：nuru），浸濕、濕潤。

149
　　葉櫻：花落盡後
　　唯見新葉，再無吸睛
　　之物，除了蝴蝶

☆葉桜や眼にたつものは蝶ばかり

hazakura ya / me ni tatsu mono wa / chō bakari

譯註：原詩可作「葉桜や／眼に立つ物は／蝶ばかり」。「葉桜」（はざくら：hazakura），指花全部掉落後在枝頭長出嫩葉的櫻樹；「たつ」（立つ：tatsu），冒出、引人注目；「ばかり」（bakari），唯有之意。

150
　　每陣風都鼓吹
　　葉子快快冒出來呢
　　今年的新竹……

☆風毎に葉を吹出すやことし竹

kazegoto ni / ha o fukidasu ya / kotoshidake

譯註：原詩可作「風毎に／葉を吹出すや／新年竹」。「今年竹」（ことし竹：kotoshidake），今年新生之竹。

151

> 水晶花開——
> 伸手,啊觸到黑暗中
> 它的嫩葉……

☆卯の花の闇に手のつく若葉哉
unohana no / yami ni te no tsuku / wakaba kana

譯註:原詩可作「卯の花の／闇に手の着く／若葉哉」。「卯の花」(うのはな:unohana),即水晶花,開白色花;「つく」(着く:tsuku),觸到、達到。

152

> 朝陽:紫陽花上
> 一顆顆
> 晶亮的水珠集合

☆紫陽花に雫あつめて朝日かな
ajisai ni / shizuku atsumete / asahi kana

譯註:原詩可作「紫陽花に／雫集めて／朝日哉」。紫陽花(あじさい:ajisai),又稱繡球花,五月到七月間開紫紅或紫藍色花朵;「雫」即「滴」,水滴、水珠;「あつめて」(集めて:atsumete),集合之意。

153
　　牡丹開在
　　籬笆上──左右
　　鄰居齊樂

☆垣間より隣あやかる牡丹かな
kakima yori / tonari ayakaru / botan kana
譯註：原詩可作「垣間より／隣肖る／牡丹哉」。「あやかる」（肖る：ayakaru），相像、相似之意。

154
　　牡丹艷放：
　　蝴蝶
　　夫婦共寢

☆蝶々の夫婦寝あまるぼたん哉
chōchō no / meoto ne amaru / botan kana
譯註：原詩可作「蝶蝶の／夫婦寝余る／牡丹哉」。「あまる」（余る：amaru），豐餘、豐盈之意。

155

　　心已老

　　無力飽餐牡丹秀色——

　　啊，白晝太長

☆老の心見る日のながき牡丹かな

oi no kokoro / miru hi no nagaki / botan kana

譯註：原詩可作「老の心／見る日の長き／牡丹哉」。

156

　　浮草——即便

　　蝴蝶壓在它身上

　　照樣漂浮著

☆浮草や蝶のちからの押えても

ukigusa ya / chō no chikara no / osaete mo

譯註：原詩可作「浮草や／蝶の力の／押えても」。浮草，即浮萍，浮在水面的草；「押えて」（osaete），壓、按之意。

157

風動浮萍——
啊,幸有岸邊
蛛絲繫住……

☆萍を岸に繋ぐや蜘の糸
ukigusa o / kishi ni tsunagu ya / kumo no ito

158

別了——
浮草之花,
罌粟之花

☆そのわかれ浮草の花けしの花
sono wakare / ukigusa no hana / keshi no hana

譯註:原詩可作「其の別れ／浮草の花／芥子の花」,有前書「追悼一婦人」。此婦人或為千代尼一位曾以妓女為業之俳友。紅色的罌粟花可視為女人肉體美之象徵。日語「けし」(keshi),可寫成「芥子」或「罌粟」。

159
　　罌粟花──
　　啊，讓我忘卻
　　我身與時光

☆けしの花我身わすれし月日哉
keshi no hana / wagami wasureshi / tsukihi kana
譯註：原詩可作「芥子の花／我身忘れし／月日哉」。

160
　　危橋上的
　　晝顏花──搖搖晃晃
　　倒映水鏡中

☆ひるがほやあぶなき橋に水鏡
hirugao ya / abunaki hashi ni / mizukagami
譯註：原詩可作「昼顏や／危なき橋に／水鏡」。「昼顏」（ひるがほ：hirugao），即晝顏花，旋花科多年生草本，中文稱籬天劍或打碗花；「危なき」（あぶなき：abunaki），危險、不穩定之意。

161

　　畫顏花剛正的
　　舉止——讓它
　　入夜瘦了

☆昼顔の行儀に夜は痩にけり

hirugao no / gyōgi ni yoru wa / yasenikeri

譯註：此詩為千代尼二十五歲之作。1727 年春，美濃俳人蘆元坊至松任訪千代尼，此為俳人們連吟時千代尼所吟之句，收於蘆元 1728 年所編俳句選集《桃の首途》裡的「松任短歌行」中。畫顏花每自生於路邊、原野等地。芭蕉在 1681 至 1683 年間，也有一詠畫顏之詩——「即便在雪中／畫顏花剛勇不枯／——正如日光」（雪の中は昼顔枯れぬ日影哉）。

162

　　落下時
　　只是水啊——
　　紅花之露

☆こぼれては常の水也紅の露

koborete wa / tsune no mizu nari / beni no tsuyu

譯註：原詩可作「溢れては／常の水也／紅の露」。「常の水」，普通的水、平常的水；「溢れて」（koborete），灑落之意。

163

紅粉花——
映在京城水中
依然耀眼

☆九重の水もまばゆし紅の花

kokonoe no / mizu mo mabayushi / beni no hana

譯註：原詩可作「九重の／水も目映し／紅の花」。此詩有前書「女詩人すへ言詞風流勝過京都詩人」，為千代尼讚美其女弟子兼密友Sue（すへ）女之句。「九重」（ここのえ：kokonoe），京城之謂；「まばゆし」（目映し：mabayushi），耀眼之意。

164

百合
心之所向，唯
垂首

☆ひとすじに百合はうつむくばかり也

hitosuji ni / yuri wa utsukumuku / bakarinari

譯註：原詩可作「一筋に／百合は俯く／許り也」。「ひとすじ」（hitosuji）即「一筋」，一根、一心一意。「ばかり也」（許り也／ばかりだけ：bakarinari），僅、唯之意。

165

　　鍋底的灰
　　在杜若花面前
　　自慚形穢

☆鍋墨の行方はづかしかきつばた

nabezumi no / yukue hazukashi / kakitsubata

譯註：原詩可作「鍋墨の／行方恥ずかし／杜若」。「鍋墨」（なべずみ：nabezumi），鍋底灰；「行方」（ゆくえ：yukue），下落・行蹤之意。

166

　　夕顏花──
　　啊，女子肌膚
　　映眼時

☆夕顔や女子の肌の見ゆる時

yūgao ya / onago no hada no / miyuru toki

譯註：夕顏（ゆふがほ：yūgao），又稱葫蘆花，葫蘆科蔓性一年生草本，夏季開白花，秋季果實成為葫蘆。

167

啊,夕顏花——
漸露的
隱蔽之美

☆夕顏や物のかくれてうつくしき
yūgao ya / mono no kakurete / utsukushiki

譯註:原詩可作「夕顏や/物の隱れて/美しき」。夕顏花於夕暮時開放,初微白,入夜後益顯純白、動人。

168

會變出葫蘆的
夕顏花——連京城
也傳出高笑聲

☆ゆふがほや都にも聞高笑ひ
yūgao ya / miyako nimo kiku / takawarai

譯註:原詩可作「夕顏や/都にも聞/高笑ひ」。直譯大致為「夕顏花——/連京城也可聽到/高笑聲」。夕顏夏開白花,秋生葫蘆果實,如此有趣的變化,即便在優雅的京都,人們想到、看到時,也都不免驚訝而放聲大笑吧。可參閱俳聖芭蕉句「啊,夕顏花——/入秋後,將變成/各式各樣葫蘆」(夕顏や秋は色色の瓢哉)。

169

　　夕顏花開——
　　怎麼一回事,燈已經
　　點起了嗎?

☆夕顔や何のなりぞや灯のあかり

yūgao ya / nani no nari zo ya / hi no akari

譯註:原詩可作「夕顔や／何のもぞや／灯の明り」。此詩謂夕顏花開、色白,彷彿燈已亮起。

秋之句

170

　　入秋了,多聽
　　幾次風聲,
　　好感受秋意吧

☆秋立や風幾たびも聞直し

aki tatsu ya / kaze ikutabi mo / kikinaoshi

譯註:原詩可作「秋立や/風幾度も/聞直し」。「聞直し」(ききなおし:kikinaoshi),聽並再思考、感受之意。

171

　　蚊帳涼浪
　　拂我面——
　　今朝立秋

☆蚊屋の浪かほにぬるるや今朝の秋

kaya no nami / kao ni nururu ya / kesa no aki

譯註:原詩可作「蚊屋の浪/顔に濡るるや/今朝の秋」。「かほ」(顔:kao),臉、面孔。「濡るる」(ぬるる:nururu),濕之意。

172

　　已初秋——
　　然而秋色尚未
　　君臨庭園

☆初秋やまだ顕れぬ庭の色

hatsuaki ya / mada arawarenu / niwa no iro

譯註:「まだ」(mada),尚、依然之意;「顕れぬ」(arawarenu),「未顯現」之意。

173

　　雖然聽見風吹過
　　荻草的聲音,
　　秋後的暑熱仍在

☆荻の声の残る暑さを隙で居る

ogi no koe / nokoru atsusa o / hima de iru

譯註:荻,多年生草本植物,似蘆葦,生長在水邊,葉細長,在風中低語,其聲(「荻の声」)被視為告示秋天到來。

174

　　休假日
　　妓女獨寢醒來
　　——夜寒哉

☆身あがりに独ねざめの夜寒哉

miagari ni / hitori nezame no / yosamu kana

譯註：原詩可作「身あがりに／独寝覚めの／夜寒哉」。「身あがり」（みあがり：miagari），指妓女的休假日。

175

　　巍峨九重京城
　　秋日暮色中入眼來的——
　　美人單層和服

☆九重も一重に見るや秋のくれ

kokonoe mo / hitoe ni miru ya / aki no kure

譯註：原詩可作「九重も／一重に見るや／秋の暮れ」。日文原詩中「九重」、「一重」的對比頗曼妙、有趣。日語「九重」謂京城、都城，「一重」則指單層的和服、單衣。

176

　　暮色降臨──
　　住在京城裡的人也是一副
　　秋天寂寥的容顏

☆夕暮や都の人も秋の顔

yūgure ya / miyako no hito mo / aki no kao

177

　　長夜──
　　昆蟲們輪唱
　　摧眠曲

☆長き夜やかはりかはりに虫の声

nagaki yo ya / kawarigawari ni / mushi no koe

譯註：原詩可作「長き夜や／代り代りに／虫の声」。「かはりかはり」（代り代り：音 kawarigawari），輪流、輪番之意。秋夜漫長，蟲聲讓人難眠──它們唱的是「摧眠曲」，而不是「催眠曲」！

178

雖然水流動
底靜也──
啊，水中月！

☆ながれても底しづかなり水の月

nagarete mo / soko shizukanari / mizu no tsuki

譯註：原詩可作「流れても／底靜也／水の月」。「流れて」（nagarete），流動之意；「静」（しづか：shizuka），平靜之意。

179

新月──
我心被寂靜
深勒

☆三日月にひしひしと物の静まりぬ

mikazuki ni / hishihishi to mono no / shizumarinu

譯註：原詩可作「三日月に／緊緊と物の／静まりぬ」。「三日月」（mikazuki），指陰曆每月第三日前後的新月、娥眉月。「ひしひし」（緊緊：hishihishi），緊緊地、深深地、強烈地之意。

180

中秋明月：
鳥影幢幢
衝撞向人……

☆名月や人に押合ふ鳥の影
meigetsu ya / hito ni oshiau / tori no kage
譯註：原詩可作「名月や／人に押合ふ／鳥の影」。「押合ふ」（押し合う，音おしあう：oshiau），互相推擠、互相亂擠之意。

181

我行行復行行，
明月依然高懸於遠方
天空，不肯稍近

☆名月や行っても行っても余所の空
meigetsu ya / ittemo ittemo / yoso no sora
譯註：日文「余所」（yoso），別處、他方、遠方之意。

182

今宵月明——
寺院晚鐘響徹天際
耳朵醉迷……

☆晚鐘の耳失ふやけふの月
iriai no / mimi ushinau ya / kyō no tsuki

譯註：原詩可作「晚鐘の／耳失ふや／今日の月」。日文詩中「晚鐘」兩字讀作「いりあい」（iriai：入相），為「入相の鐘」（iriai no kane，意即晚鐘）之略。

183

中秋
月圓——步行遠又遠，
始終入眼簾

☆名月や眼に置ながら遠步行
meigetsu ya / me ni okinagara / tōariki

184
 中秋月明——
 鳥也讓歇宿的巢
 門戶洞開

☆名月や鳥も寝ぐらの戸をささず

meigetsu ya / tori mo negura no / to o sasazu

譯註：原詩可作「名月や／鳥も寝ぐらの／戸を鎖さず」。「鎖さず」（sasazu），未鎖、未關上門之意。

185
 中秋明月——
 啊，也有尋暗處
 而棲之鳥

☆名月や闇を尋ぬる鳥もあり

meigetsu ya / yami o tazunuru / tori mo ari

譯註：原詩可作「名月や／闇を尋ぬる／鳥も有り」。

186

泛舟
圓月下——此處
彼處皆佳

☆名月の舟やあそこもここもよし

meigetsu no / fune ya asoko mo / koko mo yoshi

譯註：原詩可作「名月の／舟や彼処も／此処も良し」。「よし」（良し／好し：yoshi），佳之意。

187

後街的鼾聲
和今日的滿月
同樣明亮

☆うら町の鼾あかるしけふの月

uramachi no / ibiki akarushi / kyō no tsuki

譯註：原詩可作「裏町の／鼾明るし／今日の月」。此詩誠為千代尼的佳句、名句。詩中的「あかるし」（明るし：akarushi），既指月之明亮，又指鼾聲之響亮。一語雙關，雅俗同框，妙也！

188

 如此皎亮,我們
 辨不出其為水——
 啊,今日之月!

☆あかるうてわからぬ水やけふの月

akarūte / wakaranu mizu ya / kyō no tsuki

譯註:原詩可作「明るうて／判らぬ水や／今日の月」。「わからぬ」(判らぬ:wakaranu),「判斷不出」、「辨不出」之意。

189

 滿月——
 踏雪而行,石上
 木屐聲響

☆名月や雪踏分て石の音

meigetsu ya / yuki fumiwakete / ishi no oto

譯註:此詩有前書「石山畫贊」。「踏分て」(踏み分けて:fumiwakete),踏步前行之意。

190

賞月
歸來後——
無言

☆名月に帰て咄す事はなし

meigetsu ni / kaerite hanasu / koto wa nashi

譯註：原詩可作「名月に／帰て咄す／事無し」。「咄す」（hanasu），言說之意。終夜賞明月，心深有喜——其美、其感動，言語難明。

191

從新月初升的
初三我殷殷等候到——
啊，今宵

☆三日月の頃より待し今宵哉

mikazuki no / koro yori machishi / koyoi kana

譯註：網路上搜尋此詩時會發現許多人將之列為俳聖芭蕉或一茶之作。中本恕堂編著的《加賀の千代全集》與山根公編著的《加賀の千代女五百句》二書皆收有此詩，千代尼為此詩作者殆無疑問。據說此詩寫於千代尼京都行與男俳人們連吟之詩會中。當天以「名月」（八月十五之月）為題賦詩，眾男俳人皆將「名月」兩字寫入詩中，唯獨千代尼成此獨特之詩——未提「名月」兩字，而中秋滿月在焉！

192
　　明月當空：
　　小松原中央
　　一松立焉

☆名月や小松原より松一木
meigetsu ya / komatsubara yori / matsu ichiki

193
　　舉頭，中秋
　　月——穿什麼
　　衣服都漂亮

☆何着てもうつくしくなる月見哉
nami kite mo / utsukushiku naru / tsukimi kana

譯註：原詩可作「何着ても／美しく成る／月見哉」。

194

　　即便賞月
　　女人仍渴望
　　陰影

☆月見にも陰ほしがるや女子達
tsukimi nimo / kage hoshigaru ya / onagotachi
譯註：原詩可作「月見にも／陰欲しがるや／女子達」。

195

　　噢，姊妹們，我們
　　跳舞吧：舞奔向
　　月亮，舞奔向月亮……

☆女子さへ月へ月へとおどり哉
onago sae / tsuki e tsuki e to / odori kana

譯註：原詩可作「女子さへ／月へ月へと／踊り哉」。此詩為長年研究千代尼的俳人山根公，2017年時新發現的千代尼之句，描寫婦女們中秋夜在月下盡情歡舞之景。眾嫦娥奔月、飛天之姿，恍然可見……

196

　　　蚊帳的一角
　　　鬆開：
　　　啊，月亮

☆蚊帳の隅一つはずして月見かな
kaya no te o / hitotsu hazushite / tsukimi kana

譯註：原詩可作「蚊帳の隅／一つ外して／月見哉」。「外して」（hazushite），打開、解開。這首俳句看似簡單其實複雜。據說有人問千代尼可否以十七個音節寫一首包含四角形、三角形和圓形的詩，她即以此首譯成中文後總共十字的詩做答──四角形（蚊帳）、三角形（蚊帳解開一角）、圓形（看到月亮）。

197

　　　雨中賞月──
　　　意外
　　　聽見琴聲⋯⋯

☆はからずも琴きく雨の月見哉
hakarazumo / koto kiku ame no / tsukimi kana

譯註：原詩可作「図らずも／琴きく雨の／月見哉」。「はからずも」（図らずも：hakarazumo），不料、沒想到之意。

198

　　陰曆十六夜，待月——
　　芋葉上的露珠
　　黑暗中，無風而落⋯⋯

☆十六夜の闇をこぼすや芋の露
izayoi no / yami o kobosu ya / imo no tsuyu

譯註：原詩可作「十六夜の／闇を溢すや／芋の露」。十六夜，指陰曆十六日的夜晚，或十六夜之月亮。「こぼす」（溢す，kobosu），溢出、掉落之意。

199

　　九月十三月亮
　　明，誰一直站到最後？
　　啊，是稻草人！

☆立ち尽くすものは案山子ぞ後の月
tachitsukusu / mono wa kakashi zo / nochi no tsuki

譯註：原詩可作「立ち尽く／物は案山子ぞ／後の月」。「後の月」（のちのつき：nochi no tsuki），又稱「十三夜」，指陰曆九月十三日的月亮，據說是中秋之後最美的月亮。

200
  秋風迴旋
  山中——誘出
  鐘聲齊盪

☆秋風の山をまはるや鐘の声
akikaze no / yama o mawaru ya / kane no koe

譯註：原詩可作「秋風の／山を廻るや／鐘の声」。「まはる」（廻る：mawaru），轉動、迴轉、擴散、演迤之意。

201
  秋野——
  有些草成花
  有些草不然

☆秋の野や花となる草成らぬ草
aki no no ya / hana to naru kusa / naranu kusa

譯註：原詩可作「秋の野や／花と成る草／成らぬ草」。「成らぬ」（naranu），「不成」之意。

202

遍野花開——邊看邊找
忘了置於何處的
我的斗笠

☆笠を置とこを見ありく花野哉
kasa o oki / doko o miariku / hanano kana

譯註:原詩可作「笠を置/何所を見ありく/花野哉」。日文原詩中的「とこ」即「どこ」(何所:doko),何處之意。

203

月落之前,
牛郎織女星會在
什麼樣的月影裡幽會?

☆ほし逢ひや月入までは何の陰
hoshiai ya / tsuki iri made wa / nani no kage

譯註:原詩可作「星逢ひや/月入までは/何の陰」。「月入」即月落之意。

204

　　七夕——
　　夕顏花也約定
　　一起睡

☆夕顏も寝るやくそくぞほしまつり

yūgao mo / neru yakusoku zo / hoshimatsuri

譯註：原詩可作「夕顏も／寝る約束ぞ／星祭」。「やくそく」（約束：yakusoku），約定之意；「ほしまつり」（星祭：hoshimatsuri），即七夕。

205

　　牛郎織女星
　　同歡時，荻草
　　也結穗開花

☆荻も穗に出るや星のあそびより

ogi mo ho ni / deru ya hoshi no / asobi yori

譯註：原詩可作「荻も穗に／出るや星の／遊びより」。「あそび」（遊び：asobi），遊玩、遊樂之意。

206

　　牛郎織女星
　　相會時，誰先
　　開口說話？

☆星合やどちらから物言そめん

hoshiai ya / dochira kara mono / iisomen

譯註：原詩可作「星合や／何方から物／言そめん」。「星合」（ほしあい：hoshiai），指七夕鵲橋會；「どちら」（何方：dochira），哪一方。

207

　　何等驚心──
　　白菊之前
　　她鮮紅的指甲

☆白菊や紅さいた手のおそろしき

shiragiku ya / beni saita te no / osoroshiki

譯註：原詩可作「白菊や／紅さいた手の／恐ろしき」。「おそろしき」（恐ろしき：osoroshiki），讓人驚恐之意。此詩可能是葬禮上的一景──白菊環繞的死者靈前，賓客胭脂紅的指甲。白與紅，死與生，怵目驚心的對比！

208
　　怪哉，
　　日光下
　　見白菊花開

☆しら菊や日に咲ふとはおもわれず
shiragiku ya / hi ni sakōto wa / omowarezu

譯註：原詩可作「白菊や／日に咲ふとは／思われず」。「おもわれず」(思われず：omowarezu)，「不可思議」之意。

209
　　夢醒——見
　　枕邊榻榻米上
　　菊花開放，今日

☆夢さめぬ畳に菊の咲しけふ
yume samenu / tatami ni kiku no / sakishi kyō

譯註：原詩可作「夢覺めぬ／畳に菊の／咲し今日」。「さめぬ」(覺めぬ：samenu)，醒來之意。據說有一次千代尼睡覺時，有人在其枕邊放了一枝菊花，夢醒的她乍見此花，心頭為之一顫。

210
　　聲音交融——
　　雨水讓杵衣聲
　　安靜下來

☆音添ふて雨にしづまる砧かな
oto soute / ame ni shizumaru / kinuta kana
譯註：原詩可作「音添ふて／雨に静まる／砧哉」。

211
　　稻草人決定
　　要以
　　冬瓜為枕

☆冬瓜の枕さだむるかかしかな
tōgan no / makura sadamuru / kakashi kana
譯註：原詩可作「冬瓜の／枕定むる／案山子哉」。「さだむる」（定むる：sadamuru），決定之意。此詩頗有趣。稻子收成後，稻草人功成身退，被丟到菜園裡——只好堅毅其志，以冬瓜為自己的枕頭！

212

  風起的日子
  田間驅鳥的鳴器
  自動做不相干事……

☆風の日は余所の仕事を鳴子哉
kaze no hi wa / yoso no shigoto o / naruko kana

譯註：雖無鳥飛來，無須「嚇鳴」，在風起的日子，田間驅鳥鳴器（日文「鳴子」：naruko）欣然「做不相干事」，自動與風「和鳴」。

213

  盂蘭盆會魂棚
  祭祖靈——連水的
  味道也是香的

☆魂たなは水の味さへかほりけり
tamadana wa / mizu no aji sae / kaorikeri

譯註：原詩可作「魂棚は／水の味さへ／香りけり」。「魂たな」（たまだな：tamadana），即「魂棚」，盂蘭盆會中迎先祖之靈、供祭拜用之棚。

214
　　盂蘭盆節祭祖靈：
　　我是唯一的發聲者
　　──自此方

☆こちらからいはせてばかり魂まつり

kochira kara / iwasete bakari / tamamatsuri

譯註：原詩可作「此方から／言はせてばかり／魂祭り」。「魂祭り」（魂まつり：tamamatsuri），即魂祭，盂蘭盆節祭祖靈的儀式；「ばかり」（bakari），唯有、唯一的。

215
　　獨聽
　　我渴望的
　　鹿鳴

☆独聞我にはほしき鹿の声

hitori kiku / ware ni wa hoshiki / shika no koe

譯註：原詩可作「独聞／我には欲しき／鹿の声」。

216

　　被賣的時候仍
　　秋意滿懷
　　——啊，鵪鶉

☆売られても秋をわすれぬ鶉哉

urarete mo / aki o wasurenu / uzura kana

譯註：原詩可作「売られても／秋を忘れぬ／鶉哉」。「わすれぬ」（忘れぬ：wasurenu），「忘不了」之意。此詩收於 1764 年出版的《千代尼句集》，讓人想起小林一茶 1820 年的詩句「蟋蟀——／即便要被賣了／仍在鳴唱」（蛬身を売れても鳴にけり）。

217

　　縫衣時
　　針陡然掉下——
　　鵪鶉叫

☆縫物に針のこぼるる鶉かな

nuimono ni / hari no koboruru / uzura kana

譯註：原詩可作「縫物に／針の零るる／鶉哉」。「こぼるる」（零るる：koboruru），掉落之意。

218

    第一批雁從北方
    飛來——夜
    開始變長，變長

☆初雁やいよいよながき夜にかはり
hatsukari ya / iyoiyo nagaki / yo ni kawari

譯註：原詩可作「初雁や／愈愈長き／夜に変り」。「いよいよ」（愈愈：iyoiyo），更加、越發之意。「初雁」（はつかり：hatsukari），指每年秋天第一批從北方遷徙過來之雁。

219

    今秋第一批從北方
    飛來的雁：身影
    消失了，仍聞其聲……

☆初雁や声あるものを見失ひ
hatsukari ya / koe aru mono o / miushinai

譯註：原詩可作「初雁や／声在る物を／見失ひ」。「見失ひ」（miushinai），看不見之意。此詩也可直譯為「初雁——／聲猶在，影／不見……」。

220

　　第一批雁從北方

　　飛來：接著會有另

　　一批，再另一批……

☆初雁やまたあとからもあとからも

hatsukari ya / mata ato karamo / ato karamo

譯註：原詩可作「初雁や／又後からも／後からも」。此詩有一逸聞——有人請俳人、畫家與謝蕪村在屏風上畫圖，蕪村畫了一隻雁，那人覺得有所不足，又請千代尼為此畫題贊，遂有此頗富禪意之句。此首俳句亦可譯為「第一隻雁從北方／飛來：接著會有另／一隻，再另一隻……」。有不知姓名的作者將此句易為七言詩，亦頗有趣：「一雁呼友成兩雁，三雁四雁五六雁，雁去雁來無限雁」。

221

　　追逐著流水中

　　自己的影子

　　——一隻蜻蜓

☆行水にをのが影追ふ蜻蛉哉

yuku mizu ni / onoga kage ou / tonbo kana

譯註：原詩可作「行水に／己が影追ふ／蜻蛉哉」。

222
 蜻蜓群聚——
 曬衣服的竿子
 變短了

☆干物の竿をせばめて蜻蛉哉

hoshimono no / sao o sebamete / tonbo kana

譯註：原詩可作「干物の／竿を狭めて／蜻蛉哉」。「干物」，曬衣物；「せばめて」（狭めて：sebamete），變窄之意——讓位給借機「敲竹竿」、過來免費休息的蜻蜓們，竿子上曬衣服的空間變少了。

223
 乞丐的
 床鋪上，蟲聲
 熱烈響

☆にぎやかな乞食の床や虫の声

nigiyaka na / kojiki no toko ya / mushi no koe

譯註：原詩可作「賑やかな／乞食の床や／虫の声」。「にぎやか」（賑やか：nigiyaka），熱鬧之意——漢字「賑」有富饒、繁盛、興旺之意。

224
　　月夜，在外面
　　石頭上歌唱
　　——一隻蟋蟀

☆月の夜や石に出て啼きりぎりす
tsuki no yo ya / ishi ni dete naku / kirigirisu

譯註：原詩可作「月の夜や／石に出て啼／蟋蟀」。

225
　　尼姑庵裡招待
　　女眾的——
　　唯蟋蟀的叫聲

☆尼寺の馳走は人へきりぎりす
amadera no / chisō wa hito e / kirigirisu

譯註：原詩可作「尼寺の／馳走は人へ／蟋蟀」。「馳走」（ちそう：chisō），招待或歡待之意。

226

　　順流而下,產卵
　　死去的香魚
　　讓溪水日益刺鼻

☆落鮎や日に日に水のおそろしき
ochiayu ya / hinihini mizu no / osoroshiki

譯註:原詩可作「落鮎や/日に日に水の/恐ろしき」。「落鮎」,產卵後順流而下死去的香魚;「おそろしき」(恐ろしい),恐怖、嚇人之意。

227

　　紅葉
　　把暮色之紅
　　留住了

☆ゆふぐれを余所に預けてもみぢ哉
yūgure o / yoso ni azukete / momiji kana

譯註:原詩可作「夕暮を/余所に預けて/紅葉哉」。「余所」(yoso),別處、另處;「預けて」(azukete),寄存、存放、委託保管之意;「もみぢ」即「もみじ」(音 momiji),「紅葉」。此詩直譯為「暮色,把自己/寄存在另一個地方──/啊,在紅葉上」。

156

228

　　一片一片葉子的
　　顏色都不一樣
　　啊,晚秋紅葉

☆ひとつ色で似ぬものばかり紅葉哉

hitotsu iro de / ninu mono bakari / momiji kana

譯註:原詩可作「一つ色で／似ぬ物ばかり／紅葉哉」。「似ぬ」(ninu),「不似」、「不一樣」;「ばかり」(bakari),皆、都。

229

　　木槿花:兩朵
　　三朵,十朵……
　　啊,花山花海

☆二つ三つ十とつもらぬむくげ哉

futatsu mitsu / tō to tsumoranu / mukuge kana

譯註:原詩可作「二つ三つ／十と積らぬ／木槿哉」。「つもらぬ」(積らぬ:tsumoranu),積累、估算之意。木槿(むくげ:mukuge),錦葵科落葉灌木,夏秋開淡紫色、淡紅色、白色喇叭形花,為朝開暮落之花,一朵花只開一天。花開時節,枝上生出許多花苞,一朵花凋落後,其它的花苞會連續不斷地開,開得生意盎然。

230

鳥懷疑
懸在那裡的葡萄
是雨珠

☆雫かと鳥はあやぶむ葡萄かな
shizuku ka to / tori wa ayabumu / budō kana
譯註：原詩可作「雫かと／鳥は危ぶむ／葡萄哉」。「雫」（しずく：shizuku）即「滴」，水滴、水珠；「あやぶむ」（危ぶむ：ayabumu），懷疑之意。

231

雨中的萩花，
它每片葉子上的露珠
會變怎樣啊？

☆雨の萩葉毎の露は何となる
ame no hagi / hagoto no tsuyu wa / nanto naru
譯註：原詩可作「雨の萩／葉毎の露は／何と成る」。

232

　　蘭花的香氣──
　　連遠方的草都
　　聞到了

☆蘭の香や近づきでない草にまで

ran no ka ya / chikazukidenai / kusa ni made

譯註:「近づきでない」(chikazukidenai),「不接近」、「不交往」之意;「まで」(made),直到、一直到之意。

233

　　牽牛花──昨夜
　　燈火之影
　　今朝猶現

☆牽牛花やまだ灯火の影も有

asagao ya / mada tomoshibi no / kage mo ari

譯註：牽牛花即日語「朝顏」(あさがほ:asagao);「まだ」(mada),仍舊、依然之意。

234
　　牽牛花——
　　實情是
　　它討厭人……

☆あさがほや誠は花の人ぎらひ

asagao ya / makoto wa hana no / hitogirai

譯註：原詩可作「朝顔や／誠は花の／人嫌い」。「人ぎらひ」（人嫌い：hitogirai），嫌惡人、不願見人之意。

235
　　牽牛花啊，
　　那叫別人起床的人
　　無暇看你呢

☆朝顔や起したものは花も見ず

asagao ya / okoshita mono wa / hana mo mizu

譯註：原詩可作「朝顔や／起した物は／花も見ず」。「起した」（okoshita），喚醒、叫醒之意；「見ず」（mizu），「未見」之意。日本家庭主婦通常是家中最早起床的，把家人叫醒後又忙著做早餐，沒時間看牽牛花。

236
　　牽牛花
　　也綻放於
　　蛛網間

☆朝顔は蜘の糸にも咲にけり
asagao wa / kumo no ito nimo / sakinikeri

237
　　牽牛花開──
　　啊，昨晚沒做完的
　　針線活還在

☆朝がほや宵に残りし針仕事
asagao ya / yoi ni nokorishi / harishigoto
譯註：原詩可作「朝顔や／宵に残りし／針仕事」。

238

各色牽牛花
齊放——啊,一波波
撞開的晨鐘聲……

☆朝顏や鐘撞內に咲そろひ

asagao ya / kane tsuku uchi ni / sakisoroi

譯註:原詩可作「朝顏や/鐘撞內に/咲き揃い」。「うち」(內:uchi),時候、期間;「咲そろひ」(咲き揃い:sakisoroi),成組、成群,一起燦放之意。此詩有「聲」有「色」,「聯覺」曼妙,非常生動、可愛。日本人稱為「朝顏」的牽牛花,花色呈水白、紫紅或紫藍,狀如喇叭,又稱喇叭花。

239

牽牛花在地上
攀爬——小心啊
別踩到它

☆朝顏や地に這う事をあぶながり

asagao ya / chi ni hau koto o / abunagari

譯註:原詩可作「朝顏や/地に這う事を/危ながり」。「這う」(はう:hau),爬、攀爬之意;「あぶながり」(危ながり:abunagari),危險的、要小心之意。

240
　　這葫蘆太長太長了——
　　讓它的花、葉
　　難為情

☆花や葉に恥しいほど長瓢

hana ya ha ni / hazukashii hodo / nagafukube

譯註：原詩可作「花や葉に／恥しい程／長瓢」。「ほど」（程：hodo），程度、地步之意。

241
　　深秋之
　　聲，從葫蘆
　　發出……

☆行く秋の声も出づるや瓢から

yuku aki no / koe mo izuru ya / fukube kara

譯註：原詩可作「行く秋の／声も出づるや／瓢哉」。

242

　　秋去也──北風中
　　松樹身軀扭動
　　獨自發出苦惱之聲

☆行秋やひとり身をもむ松の声

yuku aki ya / hitori miomomu / matsu no koe

譯註：原詩可作「行秋や／独り身を揉む／松の声」。「身をもむ」（身を揉む：miomomu），苦惱、痛苦地扭動之意。

243

　　松傘蘑
　　啊，也是小蟲們的
　　避雨亭

☆まつ茸やあれもなにかの雨やどり

matsutake ya / are mo nanika no / amayadori

譯註：原詩可作「松茸や／彼も何かの／雨宿り」。「まつ茸」（松茸：matsutake），中文名為松蕈、松蘑、松傘蘑，生於松樹林中地上，具獨特濃鬱香味、營養價值高的珍貴物；「なにか」（何か：nanika），某種之意；「雨やどり」（雨宿り：amayadori），避雨處。

冬之句

244

烏鴉飛鳴──模仿
其聲的山谷回音
冷冷,聽不清……

☆山彦の口まね寒きからす哉

yamabiko no / kuchimane samuki / karasu kana

譯註:原詩可作「山彦の/口真似寒き/からす哉」。「山彦」(やまびこ:yamabiko),山谷的回聲或山神;「くちまね」(口真似:kuchimane),模仿別人說話。詩中「からす」(karasu)有兩意,一為「烏鴉」(からす),一為「嗄らす」(からす,聲音嘶啞、不清楚),是一語雙關的「掛詞」技巧。

245

一針針縫製著衣物──
十二月的夜裡,將它們
連同自己折疊入夢

☆物ぬひや夢たたみこむ師走の夜

mono nui ya / yume tatamikon / shiwasu no yo

譯註:原詩可作「物縫いや/夢畳み込む/師走の夜」。「たたみこむ」(畳み込む:tatamikon),折疊進去之意;「師走」(しわす:shiwasu),陰曆十二月。

246

一年將逝——
惱人俗事,
唯流水……

☆行としやもどかしきもの水斗

yukutoshi ya / modokashiki mono / mizu bakari

譯註:此詩頗難解。日文原詩中「行とし」即「行く年」(ゆくとし:yukutoshi),意為即將過去的一年;「もどかしき」(modokashiki),令人著急、令人不耐煩之意;「もの」(mono)即「物」、事物、事情;「水斗」(みずばかり:mizubakari),作為特定之詞,指一種占卜來年吉凶,預測灌溉所需雨量、農作物產量等之「用水占卜」之法。依以上理解,此詩或可直譯為「一年將逝——/來年令人著急事,用/『水斗』占卜之」。但如把專有名詞「水斗」(mizubakari)讀音分開成「mizu bakari」,形成「掛詞」(雙關語),則意為「水ばかり」(唯有水:「ばかり」是唯有、只有之意),如是,此詩或可譯為「一年將逝——/令人著急、不耐事,/唯流水……」。若根據「千代女の里俳句館」網站上「千代女全句解説・検索データ」文檔中對此詩解說,則大致可譯為「一年將逝,歲末/忙碌——而川水依然靜靜流,/慢得令人不耐……」,但此詩原文並無明顯「歲末忙碌」或「川水靜流、慢流」之意,過度詮釋反而可能有違原詩意趣。我們覺得取「水斗/みずばかり」為「唯有水」(水ばかり)之意,應會讓此詩更耐人尋味。「子在川上曰:逝者如斯夫,不舍晝夜!」世事無常,倏忽即逝,誠令人著急、不安,但想到令人苦惱、不安的諸般俗事也會如流水般不舍晝夜而去,又何嘗不是一件好事。

247

把鳥影誤看
為葉影——
清冷冬夜月

☆鳥影も葉に見て淋し冬の月
torikage mo / ha ni mite sabishi / fuyu no tsuki

譯註：日文「淋し」（さぶし：sabishi），冷清、寂寞之意。

248

一陣風穿過
初冬第一場陣雨——啊，
沒有被淋濕

☆初しぐれ風もぬれずに通りけり
hatsushigure / kaze mo nurezu ni / tōrikeri

譯註：原詩可作「初時雨／風も濡れずに／通りけり」。「初しぐれ」（初時雨：hatsushigure），初冬第一場陣雨；「ぬれず」（濡れず：nurezu），「未濕」之意；「通りけり」（とおりけり：tōrikeri），通行之意。

249

 初冬第一場陣雨
 ──鹿仍
 迷路未返嗎⋯⋯

☆まだ鹿の迷ふ道なり初しぐれ

mada shika no / mayou michi nari / hatsushigure

譯註：原詩可作「まだ鹿の／迷ふ道也／初時雨」。詩中「まだ」（mada），依然之意。

250

 初冬第一場
 陣雨，拂曉
 某處竹上

☆はつしぐれ何所やら竹の朝朗

hatsushigure / doko yara take no / asaborake

譯註：原詩可作「初時雨／何所やら竹の／朝朗」。「何所やら」（doko yara），「不知是何處」、「好像是哪裡」之意；「朝朗」（朝朗け／あさぼらけ：asaborake），黎明時分、天剛亮時之意。

251
    初冬第一場陣雨——
    鴛鴦又
    孤單一隻浮水

☆をしはまた独りながれか初しぐれ
oshi wa mata / hitori nagare ka / hatsushigure
譯註：原詩可作「鴛鴦は又／独り流れか／初時雨」。日文「をし」（oshi）即「鴛鴦」——「おしどり」（oshidori）的古名。

252
    一屋，
    一陣初冬雨：
    哀也

☆ひとつ家はひとつしぐれて哀也
hitotsu ya wa / hitotsu shigurete / aware nari
譯註：原詩可作「一つ家は／一つ時雨／哀也」。

253

　　初冬陣雨降——
　　同一室中
　　昨日、今日告終……

☆時雨るるや一間にきのふけふもくれ

shigururu ya / hitoma ni kinō / kyō mo kure

譯註：原詩可作「時雨るるや／一間に昨日／今日も暮れ」。此詩為千代尼晚年之作。臥病在床，不能自由外出的她，從早到晚耳聽窗邊冬雨聲，寂寂又一日……。

254

　　夏夜的誓約
　　令人懼——
　　橋上霜白

☆夏の夜のちぎりおそろし橋の霜

natsu no yo no / chigiri osoroshi / hashi no shimo

譯註：原詩可作「夏の夜の／契り恐ろし／橋の霜」。

255

獨寢——
被霜夜冷醒，
清悟

☆独り寝のさめて霜夜をさとりけり

hitorine no / samete shimoyo o / satorikeri

譯註：原詩可作「独り寝の／醒めて霜夜を／悟りけり」。

256

初雪：睡懶覺
晚起，
只看到水滴……

☆はつ雪は朝寝に雫見せにけり

hatsuyuki wa / asane ni shizuku / misenikeri

譯註：原詩可作「初雪は／朝寝に雫／見せにけり」。「雫」（しずく：shizuku），水滴、水珠；「はつ雪」（はつゆき：hatsuyuki）即「初雪」，入冬後第一場雪。

257

  初雪——
  烏鴉的顏色
  變得異常……

☆初雪や鴉の色の狂ふほど

hatsuyuki ya / karasu no iro no / kurū hodo

譯註：日文「狂ふ」（くるう：kurū），失常、異常之意。此詩頗有趣。初雪降。烏鴉顏色何以異常？是飄落的雪花，在黑烏鴉身上「點描」，以致有漂白之效嗎？或者初雪皎白，讓黑色的烏鴉顯得更黑？

258

  初雪——啊，
  跟去年初雪一樣
  都一兩寸

☆初雪やこぞ初雪も一二寸

hatsuyuki ya / kozo hatsuyuki mo / ichinisun

譯註：原詩可作「初雪や／去年初雪も／一二寸」。

259

　　初雪——
　　落筆，字即化，
　　落筆，字即化……

☆はつ雪やもの書けば消え書けば消え
hatsuyuki ya / mono kakeba kie / kakeba kie

譯註：原詩可作「初雪や／物書けば消え／書けば消え」。「消え」（きえ：kie），消失、融化之意——初雪，雪仍未厚積，雪花陸續飄，字寫在地上，旋即融化、消失。

260

　　若非聞聲
　　不見鷺鷥蹤影，
　　今晨這場雪

☆声なくば鷺うしなはん今朝の雪
koe nakuba / sagi ushinawan / kesa no yuki

譯註：原詩可作「声無くば／鷺失はん／今朝の雪」。

261

變成枝上花,
又化成水滴——
今晨這場雪

☆花となり雫となるや今朝の雪

hana to nari / shizuku to naru ya / kesa no yuki

譯註:原詩可作「花と成り／雫と成るや／今朝の雪」。「雫」（shizuku）即「滴」,水滴、水珠之意。

262

雪壓竹上——
須屈身啊,
這浮世

☆しなわねばならぬ浮世や竹の雪

shinawaneba / naranu ukiyo ya / take no yuki

譯註:原詩可作「撓わねば／ならぬ浮世や／竹の雪」。「ならぬ」（naranu）,同「ならない」,此處為必須、應該之意；「しなわねば」（撓わねば：shinawaneba）,彎曲、被壓彎。

263

　　　眾物被雪
　　　所覆，不復聞
　　　松風之音……

☆雪の有ものに聞かすな松の声
yuki no aru / mono ni kikasu na / matsu no koe
譯註：原詩可作「雪の有／物に聞かすな／松の声」。「聞かすな」（kikasu na），「不聞」、「不讓聞」之意。

264

　　　山野
　　　無一物動哉——晨起
　　　唯見雪

☆野に山にうごく物なし雪の朝
no ni yama ni / ugoku mono nashi / yuki no asa
譯註：原詩可作「野に山に／動く物無し／雪の朝」。

265

　　且取今朝之
　　雪，鋪
　　灑於塵埃上

☆取あへず塵に敷きけり今朝の雪
toriaezu / chiri ni shikikeri / kesa no yuki

譯註：此詩為千代尼迎接、問候來訪的遠方友人之句。灑雪於門口泥地，一方面是美化之，以示歡迎之意；另一方面亦提醒來客眺望、玩賞眼前新雪皚皚的美麗銀世界。

266

　　葉與塵，
　　同在一蓮台——
　　雪花中……

☆葉も塵もひとつ台や雪の花
ha mo chiri mo / hitotsu utena ya / yuki no hana

譯註：原詩可作「葉も塵も／一つ台や／雪の花」。「台」（うてな：utena）指往生極樂世界者所坐之蓮台、蓮華座。此詩為五十八歲的千代尼，1760年3月參詣金澤東別院「親鸞上人五百回忌法會」時所作。親鸞上人（1173-1263）是日本淨土真宗的宗祖。

267
  凝視
  水中我如雪
  倒影

☆我雪を水にうつしてにらみけり

ware yuki o / mizu ni utsushite / niramikeri

譯註：此詩有前書「白鷹見水中其形貌」。原詩可作「我雪を／水に映して／睨みけり」。「うつして」（映して：utsushite），映照、反映之意；「にらみ」（睨み：nirami），盯視之意。

268
  下雪的早晨，以為
  看到鷹——
  啊，只是一隻烏鴉

☆雪の朝鷹と見るは烏哉

yuki no asa / taka to miru wa / karasu kana

譯註：原詩可作「雪の朝／鷹と見るは／烏哉」。「烏」（からす：karasu），即烏鴉。

269
　　雪夜——
　　唯聞汲水吊桶
　　落井聲

☆雪の夜やひとり釣瓶の落る音
yuki no yo ya / hitori tsurube no / otsuru oto
譯註：原詩可作「雪の夜や／独り釣瓶の／落る音」。

270
　　樹枝被折彎——
　　非因其上之雪，是
　　因鷹的重量

☆一枝は雪ほど鷹にたはみけり
hitoeda wa / yuki hodo taka ni / tawamikeri

譯註：原詩可作「一枝は／雪ほど鷹に／撓みけり」。「ほど」（程：hodo），指一定的程度、範圍。「たはみ」（撓み：tawami），彎曲之意。

271

　　賞雪——
　　笑人家跌倒
　　自己也跌倒

☆ころぶ人を笑ふてころぶ雪見哉

korobu hito o / warōte korobu / yukimi kana

譯註：原詩可作「転ぶ人を／笑ふて転ぶ／雪見哉」。「ころぶ」（転ぶ：korobu），滾轉、跌倒之意。

272

　　冬雪閉門：
　　想說的話
　　只能透過筆的往來

☆何事も筆の往来や冬籠

nanigoto mo / fude no yukiki ya / fuyugomori

譯註：此為千代尼寫給其女弟子兼密友 Sue 女之詩。兩人雖同住松任，距離不遠，但冬雪閉門不得外出（日文謂「冬籠」〔ふゆごもり：fuyugomori〕，被冬雪鎖在家中），詩人唯能借筆的往來與另一「籠」中的伊人互訴心事。

273

　　不必再梳理
　　頭髮——我的手
　　攤開在被爐上

☆髪を結ふ手の隙明て炬燵哉
kami o yū / te no hima akete / kotatsu kana

譯註：此詩有前書「我落髮非因棄世，而是憂人世之無常，願思索、探求古人所謂『不捨晝夜流』的水之心」，是1754年10月，五十二歲的千代尼以「素園」為法號，落髮為尼之際所作。無髮可梳、以（佛）法代髮，不必再費心於髮的她，曠然地寫了此略帶自嘲之句。日語「炬燵」（こたつ：kotatsu），指架子上蓋著被、用以取暖的被爐、暖爐。千代尼七十一歲時（1773年）繪有一以此詩和其自畫像所組成之「俳畫」。

274

　　不再等候夕暮
　　或黎明——
　　撫摸著舊衣

☆待暮も曙もなき紙衣かな

matsu kure mo / akebono mo naki / kamiko kana

譯註：原詩可作「待暮も／曙も無き／紙衣哉」。此詩頗讓人揪心。落髮為尼後，撫摸昔日所穿「紙衣」（kamiko，用日本紙做成的輕且保溫性佳之衣服），不必再有（如本書第 34 首譯詩「拂曉的別離／偶人們／豈知哉」所描繪的）入夜後等待情人來會或拂曉時悲情人急急離去之苦了。

275

　　歲末大掃除——
　　唯有今天希望自己
　　是個高個子

☆けふばかり背高からばや煤払

kyō bakari / seitaka kara ba ya / susuharai

譯註：「ばかり」（bakari），唯有之意。「背高」（せいたか：seitaka），身材高之意。

276

夜夜叩缽，念佛
行走——啊，彎曲的
竹子直立起來了

☆鉢たたき夜毎に竹を起しける
hachitataki / yogoto ni take o / okoshikeru

譯註：原詩可作「鉢叩／夜毎に竹を／起しける」。「鉢たたき」（鉢叩：hachitataki），指京都空也堂所屬半僧半俗修行者「空也僧」，從陰曆 11 月 13 日到除夕的四十八夜中，敲缽和鉦，念佛巡走於京都內外之事。手舞足蹈、修寒念佛的他們，也許熱情地順手將途中所遇彎曲之竹扶起。果真如此，四十八夜下來，「神跡」不出現也難。

277

空也僧叩缽
前行，伴隨著
缽的回音……

☆山彦も連れて歩行や鉢たたき
yamabiko mo / tsurete ariku ya / hachitataki

譯註：原詩可作「山彦も／連れて歩行や／鉢叩」。「山彦」（yamabiko），回音；「連れて」（つれて：tsurete），伴隨著之意。

278

　　我只能數到三或
　　五隻──
　　啊,那些千鳥

☆三つ五つまではよみたる千鳥かな

mitsu itsustu / made wa yomitaru / chidori kana

譯註:原詩可作「三つ五つ/迄は読みたる/千鳥哉」。「よみ」(読み:yomi),讀數、數之意。「千鳥」(ちどり:chidori),中文名為「珩」之鳥,身體小,嘴短而直,只有前趾。

279

　　每一回
　　風吹──千鳥
　　又變新……

☆吹くたびに新しうなる千鳥かな

fuku tabi ni / atarashū naru / chidori kana

譯註:原詩可作「吹く度に/新しうなる/千鳥哉」。「たび」(度:tabi),每次、每回之意。

184

280

　　綻放時夢見
　　春夜嗎,這些一年內
　　再度開的花?

☆春の夜の夢見て咲や帰花

haru no yo no / yume mite saku ya / kaeribana

譯註:日語「帰花」(かえりばな:kaeribana),指復開的花(一年內再度開放的花)。

281

　　茶花──
　　它們的開放
　　使夕暮遲臨

☆茶のはなや此夕暮を咲のばし

cha no hana ya / kono yūgure o / saki nobashi

譯註:原詩可作「茶の花や/此夕暮を/咲延ばし」。「のばし」(延ばし:nobashi),延期、延遲、推遲之意。

282

　　颯颯的風,被

　　冬日枯樹林

　　分裂,解散

☆吹風のはなればなれやふゆ木立

fukukaze no / hanarebanare ya / fuyukodachi

譯註:原詩可作「吹風の／離れ離れや／冬木立」。「はなればなれ」（離れ離れ:hanarebanare）,分散、離散之意。「ふゆ木立」（冬木立:fuyukodachi）,冬季葉落的樹林。

283

　　啊,隨風飛舞

　　不知道會以何物

　　為鄰的落葉……

☆隣り隣りわからぬものは落葉哉

tonari tonari / wakaranu mono wa / ochiba kana

譯註:此詩有題「寒山贊」,應是向隱居於浙江天台山的唐朝詩僧寒山致敬之句。原詩可作「隣り隣り／解らぬ物は／落葉哉」。「わからぬ」（解らぬ:wakaranu）,不了解、不知道之意。

284
　　葉落——
　　月光增
　　樹影減

☆見るうちに月の影減る落葉哉
miru uchi ni / tsuki no kage heru / ochiba kana
譯註：原詩可作「見る內に／月の影減る／落葉哉」。「うち」（內：uchi），時候、期間——此處指「看的時候」，譯詩中略之。

285
　　冬日景色
　　淒涼：
　　牡丹獨暖

☆冬枯やひとり牡丹のあたたまり
fuyugare ya / hitori botan no / atatamari
譯註：原詩可作「冬枯や／独り牡丹の／暖まり」。

286

「萬兩」硃砂根,啊
有兔子的眼睛——
紅紅的!

☆万両は兎の眼もち赤きかな
manryō wa / usagi no me mochi / akaki kana

譯註:原詩可作「万両は/兎の眼も持ち/赤き哉」。「もち」(持ち:mochi),有、持有之意。「万両」(manryō),中文「萬兩」,名叫「硃砂根」的一種紫金牛科常綠喬木,結眾多紅色果實。日本園藝界將果實只有一、兩粒,株高約十公分的「紫金牛」稱為「十兩」;將植株、葉片較大,果實多一點的「百兩金」稱為「百兩」;將「紅果金粟蘭」稱為「千兩」;紅色結實纍纍的「硃砂根」便順理成章稱為「萬兩」。此詩幽默地將「硃砂根」紅色的果實比喻為兔子的紅眼睛。江戶時代,孩子們在雪地作「雪兔」,每以「硃砂根」的紅果實為兔眼。

287

水仙的芬芳——
竟然飄散
到雪上

☆水仙の香やこぼれても雪の上

suisen no / ka ya koborete mo / yuki no ue

譯註：原詩可作「水仙の／香や溢れても／雪の上」。「こぼれて」（溢れて：koborete），溢出、漾出、洋溢之意。

288

獻水仙致哀——
兩眼分不清
花與雪花

☆水仙のたむけや雪の眼にわかず

suisen no / tamuke ya yuki no / me ni wakazu

譯註：原詩可作「水仙の／手向けや雪の／眼に分かず」。「たむけ」（手向け：tamuke），上供、供奉之意；「わかず」（分かず：wakazu），「分不清」之意。此詩寫於1775年，為七十三歲的千代尼悼俳友麻父之作。老去、眼花的千代尼在亡友靈前獻花，卻分不清水仙花與雪花。

尾奏

289
    雁兒們,也
    同船
    搭渡舟⋯⋯

☆雁がねも乗合せたる渡し舟
karikane mo / noriawasetaru / watashibune

譯註:此詩為千代尼 1725 年於伊勢訪其師中川乙由,眾人合吟「連句」時所作之句,為相連十二句中的第七句,乙由以 14 音節短句接續之——

    元三大師
    亦名橫川

☆元三大師橫川ともいふ(乙由)
genzōdaishi / yokawa tomo iu

「元三大師」即「慈惠大師」良源(912-985),第十八代「天台座主」(天台宗最高位者),比叡山延曆寺中興之祖,也被稱作「橫川大師」。兩人所連之句看似無厘頭,卻具有一種迂迴呼應的諧趣、禪意。「橫川」兩字一語雙關,解作「過河渡舟」時,就對應了千代尼句中「水空兩棲」的雁兒一張「悠遊卡」兩用的過客/貴客身分。此次句會有題「對加陽千代女」,由乙由以一首迎千代尼之「發句」(連句首句)起頭——

頭戴有名的
加賀笠,一路飄散
雪白櫻花芬香……

☆国の名の笠に芳はし花の雪（乙由）
kuni no na no / kasa ni kaguwashi / hana no yuki

290

　　茶室庭院
　　洗手的缽裡——
　　一波波細浪

☆つくばいの鉢二一波さざれ来て
tuskubai no / hachi ni hitonami / sazare kite

譯註：原詩可作「蹲いの／鉢二一波／細れ来て」。「つくばい」（蹲い：tuskubai），茶室庭院中設置的石製洗手缽；「一波細れ」（hitonami sazare），意即一波波細浪或漣漪。此處第290至298這九首詩選自女俳人句集《姬の式》（1726），此集錄有千代尼二十四歲這年訪較其年長的金澤俳友紫仙女時，兩人合吟的兩卷「歌仙」。歌仙是以三十六句構成的一種「連句」——由十七音節長句與十四音節短句共三十六句交互構成。此處所譯為第一卷「歌仙」中千代尼所寫的九首長句。兩人以「時鳥」（布穀鳥）為題，由紫仙女起句——

　　叫聲穿心——
　　不要太催人淚啊，
　　布穀鳥……

☆心見の声ぬれすきなほととぎす（紫仙女）
kokoromi no / koe nuresukina / hototogisu

千代尼接以十四音節短句（三十六句中的第二句）——

黃昏驟雨——
嫩葉水珠滴……

☆わか葉の雫宵のむらさめ（千代尼）
wakaba no shizuku / yoi no murasame

及第 290 首此首長句（「茶室庭院／洗手的缽裡——／一波波細浪」，三十六句中的第三句）。紫仙女以底下十四音節短句（三十六句中的第四句）接續之——

她絲綢底下，
穿著什麼東西？

☆綾の下には何をめさるる（紫仙女）
aya no shita ni wa / nani o mesaruru

第三、第四這兩句所吟似乎都是「茶杯裡的小風暴」——某種幽微、誘人、撼動人的律動與召喚。

291

　　初次與大家見面——
　　退場的
　　幼小的候鳥……

☆顔見せてはづすは若い渡り鳥
kaomisete / hazusu wa wakai / wataridori

譯註：原詩可作「顔見世／外すは若い／渡り鳥」。「顔見せ」（顔見世：kaomisete），指藝人的初次登台亮相，初次與觀眾見面；「はづす」（外す：hazusu），退場、退席之意；「わかい」（若い：wakai），年紀小之意。此詩為兩人連吟的三十六句中第七句，紫仙女接續以底下十四音節短句——

　　有風，嗯——
　　但無險……

☆風はあれどもあぶな気のない（紫仙女）
kaze wa aredomo / abunage no nai

292
　　潔白的
　　商號布簾仍在——
　　已搬家的竹簾店

☆暖簾のしろき御簾屋の店かへに
noren no / shiroki misuya no / misekae ni

譯註：原詩可作「暖簾の／白き御簾屋の／店変へに」。「暖簾」（noren），掛在鋪子門上印有商號名的布簾；「御簾屋」（misuya），賣竹簾的店鋪；「店かへ」（店変へ：misekae），已搬走了的店。此詩為兩人連吟的三十六句中第十一句，紫仙女接續以底下十四音節短句——

　　　　牙齒痛得抱著臉頰——
　　　　找牙醫去吧！

☆頬なかかえて歯医師尋る（紫仙女）
bō o kakaete / haishi tazuneru

293

　　獻上香油錢——
　　祈禱當
　　更容易實現

☆いのらばややすふかなへる十二燈
inoraba ya / yasū kanaeru / jūnitō

譯註：原詩可作「祈らばや／易ふ適へる／十二燈」。「いのらば」（祈らば：inoraba），祈禱之意；「やすふ」（易ふ：yasū），容易之意；「かなへる」（適へる：kanaeru），實現之意；「十二燈」（じゅうにとう：jūnitō），亦稱「十二銅」，江戶時代捐獻給寺院供祭祀之用的香油錢、香火錢，點佛燈、明燈的費用。此詩為兩人連吟的三十六句中第十五句，紫仙女接續以底下十四音節短句——

　　杉樹林裡
　　杉樹枝做成的柵欄門

☆杉のはやしに杉の枝折戸（紫仙女）
sugi no hayashi ni / sugi no shiorido

294
　　想要把被爐
　　收起來不再用——
　　猶未能也

☆仕舞たい火燵に隙をやりかねる
shimaitai / kotatsu ni hima o / yarikaneru

譯註：原詩可作「仕舞たい／火燵に隙を／遣り兼ねる」。「仕舞たい」（shimaitai），想結束、終了之意；「火燵」（こたつ：kotatsu），即「炬燵」，取暖用的被爐；「やりかねる」（遣り兼ねる：yarikaneru），不敢做、未能做之意。此詩為兩人連吟的三十六句中第十九句，紫仙女接續以底下十四音節短句——日語「娘」（musume）即女兒；「押」（おし：oshi），施壓、強行之意；「とし寄」（年寄り：toshiyori），意為老人——

　　老人們，每愛干涉
　　他們的女兒

☆娘に押おかくるとし寄（紫仙女）
musume ni oshi o / kakuru toshiyori

295

雨聲洗樹
洗耳,清涼啊
松林間蟬鳴

☆雨の音を洗てすずし松の蟬

ame no oto o / arōte suzushi / matsu no semi

譯註:原詩可作「雨の音を／洗て涼し／松の蟬」。此詩為兩人連吟的三十六句中第二十三句,紫仙女接續以底下十四音節短句(日文「淺瓜」,中文名越瓜、白瓜)及十七音節長句,千代尼又接以十四音節短句(三十六句中的第二十六句)——

琉璃缽裡,
白瓜在水中

☆琉璃手の鉢に水の淺瓜(紫仙女)

rurite no hashi ni / mizu no asauri

文几,紙張,
還有月亮——
多富有啊

☆文台も料紙も月もゆたかにて(紫仙女)

fumidai mo / ryōshi mo tsuki mo / yutaka nite

絲絲芒草
在風中搖揉……

☆すすきの糸も風にもまるる（千代尼）
susuki no ito mo / kaze ni momaruru

「すすき」（薄／芒：susuki），即芒草；「もまるる」（揉まるる：momaruru），搖動、擺動、摩擦之意。

296

　　無法被紅葉
　　染紅的山的一側
　　——啊單戀

☆染かねて片山紅葉かたおもひ
somekanete / katayama momiji / kataomoi

譯註：原詩可作「染かねて／片山紅葉／片思ひ」。「染かねて」（somekanete），意為不可能染、無法染；「片山」（katayama）可指山之單側，或只有單側山坡之山；「かたおもひ」（片思ひ：kataomoi），單戀之意。此詩為兩人連吟的三十六句中第二十七句，紫仙女接續以底下十四音節（十五音節）短句（日文「子細」，音shisai，緣故、緣由之意；「天窓」，音tenmado，頭或腦袋之意；「丸める」，音marumeru，剃頭之意）——

　　剃頭，落髮——
　　為了某種緣由……

☆さる子細から天窓丸める（紫仙女）
saru shisai kara / tenmado marumeru

297

　　兩隻,四隻烏鴉
　　在雪中——
　　衣川

☆四つふたつ雪の烏のころも川
yotsu futatsu / yuki no karasu no / koromogawa

譯註:原詩可作「四つ二つ／雪の烏の／衣川」。「衣川」(ころも川)為流經今岩手縣西南部之河川。此詩為兩人連吟的三十六句中第三十一句。日本人視偶數為不吉之數,數字四尤是(奇數則為吉祥數)。雪色之白與烏鴉之黑,讓人想及葬禮,千代尼此句予人一種虛無或無常感。紫仙女以底下十四音節短句接續之——日文「梵論」(ぼろ:boro),托缽行走的化緣僧——

　　一隊化緣僧——
　　托缽歸來

☆一かたまりにかえる梵論々々(紫仙女)
hitokatamari ni / kaeru boroboro

298

　　晨霧中
　　看花──
　　花在化妝

☆見んつりと花の化粧の朝がすみ

mintsuri to / hana no keshō no / asagasumi

譯註：原詩可作「見んつりと／花の化粧の／朝霞」。「朝がすみ」（asagasumi）即「朝霞」。此詩為兩人連吟的三十六句中第三十五句，紫仙女以底下十四音節短句為此卷歌仙作結（「あそぶ」即「遊ぶ」，音 asobu，嬉遊之意）──

　　百色之鳥──
　　群嬉於柳間……

☆柳にあそぶ鳥の百色（紫仙女）

yanagi ni asobu / tori no momoiro

1730 年，紫仙女於夫婿（俳人野角）死後落髮為尼，號素心──與後來千代尼的法號素園，同有一「素」字。

299

　　源氏物語
　　在箱子裡——
　　讀了一半

☆読さしてひかる源氏も箱の內
yomisashite / hikaru genji mo / hako no ushi

譯註：原詩可作「読さして／光る源氏も／箱の內」。此詩為 1755 年、千代尼五十三歲時，與女弟子兼密友 Sue 女兩人連吟的十二句詩中的第七句。Sue 女以底下十四音節短句以及十七音節長句接續之，千代尼又接以十四音節短句（十二句詩中的第十句）——

　　一隻招財貓
　　自被爐一角偷窺

☆火燵のすそをのぞくから猫（Sue 女）
kotatsu no suso o / nozoku karaneko

　　寺廟鐘聲，在風中
　　每一響
　　都不一樣……

☆ひとつづつかぜからちがう鐘の声（Sue 女）
hitotsuzutsu / kaze kara chigau / kane no koe

205

離開京城
愛情也變舊了

☆都はなれて恋も古びる（千代尼）
miyako hanarete / koi mo furubiru

「はなれて」（離れて：hanarete），離開、告別之意；「古びる」（ふるびる：furubiru），變舊之意。此句有意思。猶言「離開花都／愛情也變舊了」，或「離開巴黎／愛情也變舊了」。

300

　　也勻稱地
　　用翅膀說話——
　　啊，蝴蝶

☆いふことも羽でととのふこてふ哉

iu koto mo / hane de totonou / kochō kana

譯註：此詩收於千代尼六十歲時所寫的俳諧紀行文《吉崎詣》（亦稱《吉崎紀行》），為千代尼於1762年3月，參詣位於今福井縣蘆原市之吉崎御坊「蓮如忌」後寫成。是其中十首俳句中的第一首。此紀行文一開頭此詩前有文謂「陰曆三月二十日左右，往吉崎之旅途中，過福島與松原時，風吹甚烈，漸漸地終抵小松一客棧，得以略鬆一口氣。」原詩可作「言ふ事も／羽で整ふ／胡蝶哉」。「ととのふ」（整ふ：totonou），勻稱、整齊協調之意。

301

　　四季之美形形色色
　　——尤美的是
　　春日茶屋庭院之樹

☆四季色々殊更春のうへ木茶屋

shiki iroiro / kotosara haru no / ueki chaya

譯註：此詩收於俳諧紀行文《吉崎詣》，有前書「橘之茶屋」，是十首俳句中的第五首。原詩可作「四季色色／殊更春の／植木茶屋」。「植木」（うへ木：ueki），庭園中栽種之樹或盆栽之花木。

302

　　　黃鶯影映
　　　水中——啊唱歌的是
　　　哪隻黃鶯？

☆鶯のどちらか鳴ぞ水の影
uguisu no / dochira ka naku zo / mizu no kage

譯註：此詩亦收於俳諧紀行文《吉崎詣》，是十首俳句中的第八首。千代尼詩中問：歌聲究發自水中鶯，或水邊鶯？原詩可作「鶯の／何方か鳴ぞ／水の影」。

303

　　　垂櫻，也自動地
　　　枝條垂落
　　　觸地，俯身膜拜

☆おのづから手も地につくや糸ざくら
onozukara / te mo chi ni tsuku ya / itozakura

譯註：此詩亦收於俳諧紀行文《吉崎詣》，是十首俳句中的最後一首，為至山代藥師堂膜拜後所寫。原詩可作「自ずから／手も地に着くや／糸桜」。「おのづから」（自ずから：onozukara），自然地、自動地；「つく」（着く：tsuku），觸、抵之意；「糸桜」（糸ざくら）即垂櫻，又稱垂枝櫻樹、軟條櫻樹。

304
　　天亮──
　　蚊子們混亂地飛繞
　　我枕上……

☆曙や蚊のうろたゆる枕元
akebono ya / ka no urotayuru / makuramoto

譯註：原詩可作「曙や／蚊の狼狽ゆる／枕元」。日語「狼狽ゆる」（うろたゆる：urotayuru），有驚惶失措或亂繞、混亂繞等意。或許是仿效芭蕉《奧之細道》，千代尼六十五歲時書寫了其於山陰、山陽地方（即日本的中國地方的北部、南部）的旅行日記《老腳草鞋行》（老足の拾ひわらじ）。據1914年出版的《飛驒史壇》第1卷所言，她在明和四年（1767）陰曆六月七日，背著竹編的「皮籠」，開始其生平最後的此次行腳。她遍訪山陰、山陽地方舊知，約三個月後歸來。旅途中某日黎明，她從四面無壁、被蚊子侵擾的小屋醒來、逃出，留下此處這首生動而讓人驚惶的俳句。

305

　　總之，
　　就交給風吧——
　　枯芒草

☆ともかくも風にまかせてかれ尾花
tomokakumo / kaze ni makasete / kareobana

譯註：原詩可作「兎も角も／風に任せて／枯尾花」。「ともかくも」（兎も角も：tomokakumo），總之、反正之意；「まかせて」（任せて：makasete），託付、聽任之意；「かれ尾花」（kareobana）即「枯尾花」，枯芒、枯乾的芒草。此詩有題「安心」，是千代尼最著名的一首禪詩，也可見其安靜、安淨的心境。

306

　　逝水年華
　　美麗綻放——
　　啊，冬牡丹

☆美しう昔をさくや冬ぼたん
utsukushū / mukashi o saku ya / fuyubotan

譯註：此詩是千代尼七十二歲之作，寫於1774年冬。她的老友、俳友——曾當過妓女的歌川女（?-1776）——來訪，兩人於其草庵話舊，千代尼為十年未見的好友寫了此首迎接、致意之句。原詩可作「美しう／昔を咲くや／冬牡丹」。

307

　　新年天空下，
　　伸手握
　　富士山笑容！

☆初空に手にとる富士の笑ひ哉
hatsuzora ni / te ni toru fuji no / warai kana

譯註：此詩寫於千代尼生命最後一年──安永四年（1775）元旦。七十三歲得病多年的她一方面以此詩賀年（日語「初空」指元旦早晨的天空），一方面為其五歲大之養孫新年行「袴着」（はかまぎ：hakamagi，幼兒長大初著褲）之儀式而心喜。同年九月，千代尼去世。日文「とる」（取る：toru），握住、抓住之意。

308

　　我的力氣
　　只能贏過一隻蝴蝶，
　　這個春日早晨

☆ちからなら蝶まけさせむ今朝の春
chikara nara / chō makesasen / kesa no haru

譯註：此詩是千代尼七十三歲之作，寫於生命最後一年（1775）新春。原詩可作「力なら／蝶負させん／今朝の春」。「力なら」（chikara nara），意為「就力氣而言」；「蝶負させん」（chō makesasen），讓蝴蝶輸、贏過蝴蝶之意。

309

讓我憶起淡忘了的
往日時光——
啊,這些春天的鹿

☆思ひわすれ思ひ出す日ぞ春の鹿
omoiwasure / omoidasu hizo / haru no shika

譯註:此詩為千代尼七十三歲,生命最後一年、1775 年春之作。

310

夢的殘跡:一隻
蝶飛過
秋花盛開的原野

☆蝶は夢の名残わけ入花野哉
chō wa yume no / nagori wakeiru / hanano kana

譯註:原詩可作「蝶は夢の/名残分け入る/花野哉」。「名残」(nagori),殘留、餘韻之意;「わけ入」(分け入る:wakeiru),進入之意。此詩亦為千代尼生命最後一年之作,詩中如影帶重播般的「夢」的意象,讓人聯想到芭蕉 1694 年 10 月大阪旅途病榻上吟出的辭世詩「羈旅病纏:夢/迴旋於/枯野」(旅に病んで夢は枯野をかけ廻る)。兩者的差別是——女詩人回顧其「夢的人生」用的是彩色膠捲,背景是秋色斑斕、韶華勝極(也因此即將由斑「斕」轉腐「爛」)的花野,而芭蕉的夢境則是黑白(或黑色)的,背景是枯野。

311

　　清水變涼
　　螢火蟲不見了──
　　再無一物

☆清水すずし螢のきえてなにもなし
shimizu suzushi / hotaru no kiete / nani mo nashi

譯註：原詩可作「清水涼し／螢の消えて／何も無し」。「きえて」（消えて：kiete），消失之意。此首與下一首，皆千代尼的辭世詩。

312

　　我亦見過了月
　　因此我跟
　　這世界道別

☆月も見て我はこの世をかしく哉
tsuki mo mite / ware wa kono yo o / kashiku kana

譯註：原詩可作「月も見て／我は此の世を／可祝哉」。「かしく」（可祝／畏：kashiku），女性寫信結尾的致敬語，相當於敬具、敬白。此世誠可敬、可畏，亦可戀、可祝頌。千代尼於 1775 年 9 月 8 日去世。在這首辭世詩裡，她坦然、安然、皎然地向世界告別……

陳黎、張芬齡中譯和歌俳句書目

《亂髮:短歌三百首》。台灣印刻出版公司,2014。
《胭脂用盡時,桃花就開了:與謝野晶子短歌集》。湖南文藝出版社,2018。
《一茶三百句:小林一茶經典俳句選》。台灣商務印書館,2018。
《這世界如露水般短暫:小林一茶俳句300》。北京聯合出版公司,2019。
《但願呼我的名為旅人:松尾芭蕉俳句300》。北京聯合出版公司,2019。
《夕顏:日本短歌400》。北京聯合出版公司,2019。
《春之海終日悠哉游哉:與謝蕪村俳句300》。北京聯合出版公司,2019。
《古今和歌集300》。北京聯合出版公司,2020。
《芭蕉・蕪村・一茶:俳句三聖新譯300》。北京聯合出版公司,2020。
《牽牛花浮世無籬笆:千代尼俳句250》。北京聯合出版公司,2020。
《巨大的謎:特朗斯特羅姆短詩俳句集》。北京聯合出版公司,2020。
《我去你留兩秋天:正岡子規俳句400》。北京聯合出版公司,2021。
《天上大風:良寬俳句・和歌・漢詩400》。北京聯合出版公司,2021。
《萬葉集365》。北京聯合出版公司,2022。
《微物的情歌:塔布拉答俳句與圖象詩集》。台灣黑體文化,2022。
《萬葉集:369首日本國民心靈的不朽和歌》。台灣黑體文化,2023。
《古今和歌集:300首四季與愛戀交織的唯美和歌》。台灣黑體文化,2023。
《變成一個小孩吧:小林一茶俳句365首》。陝西師大出版社,2023。
《致光之君:日本六女歌仙短歌300首》。台灣黑體文化,2024。
《願在春日花下死:西行短歌300首》。台灣黑體文化,2024。
《此身放浪似竹齋:松尾芭蕉俳句450首》。台灣黑體文化,2024。
《我亦見過了月:千代尼俳句300首》。台灣黑體文化,2024。

附錄
千代尼註釋／陳黎

千代尼（1703-1775），又稱加賀之千代，日本俳句女詩人，俳聖芭蕉的再傳弟子，能詩能畫，相貌絕美，五十二歲時落髮為尼。

後街的鼾聲
和今日的滿月
同樣明亮

     你剛從妓院中來
       或者你
     仍獨坐寺院中？

啊牽牛花——
汲水的吊桶被纏住了
我向人要水

     不忍驚動一朵花
      之熟眠的
     帝王的斷袖

如果我能將
我風箏的線繫在
你衣服的下襬就好了

    而我的目光是一張航空郵票
      貼在你的額上
     即時接受你思念的郵戳

茶花——
它們的開放
使夕暮遲臨

      白色是白日的顏色
       是你肌膚的顏色
     因美失神的神的目光

蚊帳的一角
鬆開：
啊，月亮

      如何以四條魚談
       三角戀愛
     而結局圓滿？

直到他的斗笠
化成蝶——
我渴望他

    防風林的外面還有
    防風林的外面還有
    防風林的外面還有

不再等候夕暮
或黎明——
撫摸著舊衣

     拂曉的別離
     沒有愛過沒有
    不倫過的豈知哉？

我的力氣
只能贏過一隻蝴蝶
這個春日早晨

     這個春日早晨
    一隻蝴蝶它飛
  它飛，因為你也是一隻蝴蝶

兩隻,四隻烏鴉
在雪中——
衣川

    河上面,不斷更換顏色
     質料的風景的襯衫
      河下面,時間

我亦見過了月
因此我跟
這世界道別

      同樣明亮
     後街的鼾聲
     和今日的滿月

       (二〇〇四)

國家圖書館出版品預行編目(CIP)資料

我亦見過了月:千代尼俳句300首 / 千代尼作;陳黎,張芬齡譯. -- 初版. -- 新北市:黑體文化,左岸文化事業有限公司出版:遠足文化事業股份有限公司發行,2024.08
224面;12.8 × 19公分

ISBN 978-626-7512-05-0(平裝)

861.523　　　　　　　　　　　　　　　　　　　　　　　　　　113010791

特別聲明:
有關本書中的言論內容,不代表本公司／出版集團的立場及意見,由作者自行承擔文責。

黑體文化　　　　　　　　　讀者回函

白盒子10
我亦見過了月:千代尼俳句300首

作者・千代尼｜譯者・陳黎、張芬齡｜責任編輯・張智琦、施宏儒｜封面設計・許晉維｜出版・黑體文化／左岸文化事業有限公司｜總編輯・龍傑娣｜發行・遠足文化事業股份有限公司（讀書共和國出版集團）｜電話:02-2218-1417｜傳真・02-2218-8057｜客服專線・0800-221-029｜讀書共和國客服信箱 service@bookrep.com.tw｜官方網站・http://www.bookrep.com.tw｜法律顧問・華洋法律事務所・蘇文生律師｜印刷・中原造像股份有限公司｜排版・菩薩蠻數位文化有限公司｜初版・2024年8月｜定價・320｜ISBN・9786267512050｜EISBN・9786267512067（PDF）・9786267512074（EPUB）｜書號・2WWB0010

版權所有・翻印必究｜本書如有缺頁、破損、裝訂錯誤,請寄回更換